Henning Mützlitz
Die Wächter-Chroniken
- Die Königin von Mesoth -

Henning Mützlitz

Die Wächter-Chroniken

- Die Königin von Mesoth -

Originalausgabe

Eine Novelle in der Welt
der *Wächter der letzten Pforte*.

Enthalten in der Anthologie
Die Wächter-Chroniken – Schatten über Camotea

Über den Autor

Henning Mützlitz durchwandert bereits seit seiner Kindheit phantastische Welten, bis er beschloss, seine eigenen zu erschaffen. Seit einem Redaktionsvolontariat ist er als freier Journalist und Schriftsteller tätig. Er ist unter anderem stellv. Chefredakteur des Genre-Magazins Geek!, in dem er sich mit verschiedenen Formen der Phantastik in Wort und Bild beschäftigt. Daneben schreibt er phantastische und historische Romane. Gemeinsam mit Christian Kopp schuf er im Roman *Wächter der letzten Pforte* die Welt der *Wächter-Chroniken* und fungiert als Herausgeber der gleichnamigen Anthologie. Er lebt in Herzogenaurach bei Nürnberg.

www.henning-muetzlitz.de

Bibliografische Information der Deutschen Nationalbibliothek: Die Deutsche Nationalbibliothek verzeichnet diese Publikation in der Deutschen Nationalbibliografie; detaillierte bibliografische Daten sind im Internet über dnb.dnb.de abrufbar.

© 2019 Henning Mützlitz

Herstellung und Verlag: BoD – Books on Demand, Norderstedt

Titelbild: Mia Steingräber

Umschlaggestaltung: Tobias Rafael Junge

Satz: Henning Mützlitz

Weltkarte: Christian Kopp

ISBN: 978-3-74948-406-5

Diese Geschichte ist enthalten in der Anthologie *Die Wächter-Chroniken – Schatten über Camotea* (Hrsg. Henning Mützlitz und Christian Kopp), Books on Demand, Norderstedt, 2019; ISBN 978-3-74810-928-0.

Die Königin von Mesoth

HENNING MÜTZLITZ

1. Diebstahl

»Das war eine beschissene Idee.«

Eine falsche Bewegung trennte Shanti vom Abgrund. Sie baumelte hoch über der Stadt an einem steinernen Sims, einzig die krampfhaft in den Stein gekrallten Finger hielten sie dort. Mit weit aufgerissenen Augen starrte sie zu den Lichtern hinunter. Mesoth, die Metropole am Delta des Sokali, breitete sich wie ein Teppich zu ihren Füßen aus, doch sie nahm die bunt beleuchteten Handelstürme, die Hafenbefestigungen und die von abertausenden Kasangiten illuminierten Gebäude der Oberstadt nicht wahr. Alles, worauf sie sich konzentrieren konnte, war der von Schmerzen gepeinigte Arm, der sie vor dem Sturz bewahrte.

Shanti sammelte die Sinne und sog die Nachtluft in die Lungen. Dann schwang sie sich herum, um den anderen Arm an das Sims zu bekommen. Sie spürte, dass die Finger von der Kante glitten. Doch bevor sie abrutschte, klammerte sich ihre linke Hand an den steinernen Vorsprung. Ächzend zog sie sich hinauf. Jeder Wimpernschlag, den sie dafür benötigte, raubte ihr Kraft, so dass sie fürchtete, dass ihre zitternden Muskeln den Dienst verweigerten.

Doch schließlich schaffte sie es, sich auf den Vorsprung zu hieven. Dort blieb sie vorerst liegen, um zu Atem zu kommen.

»Hat niemand gesagt, dass es einfach wird.«

Nach einer Weile strich sie sich die Locken aus dem Gesicht und ließ den Blick über das Lichtermeer der Stadt schweifen. Der Turm der Zitadelle, auf dem sie sich befand, war für sich genommen zwar nicht besonders hoch, aber seine exponierte Lage auf der einzigen Erhebung Mesoths ließ ihn den höchsten Rukh der Oligarchen überragen. Während sich ihre Brust allmählich langsamer hob und senkte, beobachtete Shanti ein bunt beleuchtetes Arcanaero, das sich einem dieser Handelstürme näherte. Das kleine Luftschiff schien eine Prunkbarke eines reichen Mannes zu sein, dem es wichtig war, dass man weithin von seinem Vermögen Kenntnis nahm. Allein der Kasangitbesatz am Rumpf war wahrscheinlich teurer als das restliche Schiff.

Die junge Frau setzte sich auf und rümpfte die Nase, als die Barke an einem Anleger in luftiger Höhe festmachte. Nicht mal einen Tag zuvor hatte sie sich auf einem ganz ähnlichen Arcanaero befunden. Ausstaffiert mit edlen Hölzern und handgewebten Teppichen aus dem fernen Yamar, allerlei magischen und mechanischen Spielereien, deren Funktion sich Shanti nicht erschlossen, sowie nicht zuletzt einem Übermaß an Edelsteinen, diente es zu nichts anderem, als seinem dekadenten Besitzer jedweden Luxus zu bieten, ganz gleich, wie kurz der Flug sein mochte. Sein Eigner war ein typischer Vertreter der amhasischen Oberschicht, die Handel und Politik des Reiches am Grünen Ozean kontrollierte. Turakis Demossa hatte sein Vermögen mit Palmöl und dessen Derivaten gemacht und sich im Laufe der Jahre Marotten angeeignet, die unter seinesgleichen nicht selten anzutreffen waren. Der Magnat verabscheute außer seinem prunkvollen Luftschiff jedes andere Transportmittel, gemeinhin setzte er keinen Fuß auf den

Erdboden, wenn es sich vermeiden ließ. Er konnte im wahrsten Sinne des Wortes als »abgehoben« bezeichnet werden.

Shanti hatte sich diesen Umstand zunutze gemacht und war als vermeintliche Lakaiin auf die Barke geschlichen. Eine Scharade, die nicht ganz einfach zu bewerkstelligen gewesen war, doch andernfalls wäre sie kaum an den Ort gekommen, an dem sie sich jetzt befand. Von Demossas Handelsturm im Westen der Stadt war sie ins Allerheiligste gelangt: Hinauf an den privaten Anleger der Verasti von Mesoth. Hier oben durften nur die persönlichen Arcanaeros der Herrscherin oder deren ausgewählte Gäste festmachen. Der feiste Oligarch gehörte zu Shantis Glück dazu.

Glück ist vielleicht das falsche Wort, dachte sie, denn um sich an Bord des Arcanaeros zu schleichen, war wochenlange, akribische Planung vonnöten gewesen, die nicht nur eine Stange Geld, sondern auch den einen oder anderen Gefallen bei Leuten gekostet hatte, denen man gemeinhin besser nichts schuldete. Doch letztlich hatte sie ihr Ziel erreicht.

»Und trotzdem war es die beschissenste Idee aller Zeiten«, murmelte sie, als sie sich von den Lichtern abwandte. Sie stand auf einem schmalen Sims, sicherlich vierzig Fuß über der Anlegeplattform für die Arcanaeros. In den Stockwerken unter ihr befanden sich Salons, Gästequartiere und Amtsräume, soweit Shanti wusste. Ihr eigentliches Ziel befand sich aber hier oben. Die Räume der Verasti. Hier wurde das aufbewahrt, was für Generationen von Handelsherren, Admirälen und gewieften Senatoren des amhasischen Südens das meistbegehrte Objekt ihres Lebens darstellte: Die Uriasscheibe von Dessalia, Zeichen der Herrschaft über die Stadt Mesoth und das Umland. Angeblich handelte es sich dabei um ein geschliffenes Stück Sternenstein, das Urias seinen Anhängern gesandt hatte, als sie das Delta vor rund sechs Jahrhunderten besiedelten und sich immer wieder Angriffen der damals hier lebenden echsenhaften Dessalier erwehren mussten.

In früheren Zeiten hatte es sogar Krieg wegen dieser Scheibe gegeben, da der Presbyterrat ihre Überstellung in den Haupttempel von Amhas verlangte. Doch die stolzen Herrscher und Bürger von Mesoth hatten sich diesem Ansinnen erfolgreich widersetzt, so dass die Scheibe im Lauf der Jahrhunderte nicht nur zu einem Insignium der Macht Mesoths, sondern zu einem Symbol für die eigenständige Stellung der selbstbewussten Stadt an der Südküste avanciert war.

Shanti wusste wie jeder Mesothi seit ihrer Kindheit von der Scheibe und den Legenden, die sie umrankten. Was wurde nicht alles über sie erzählt? Sie habe magische Kräfte, könne Feinde durch die Kraft des Urias vernichten oder Ungläubige auf den rechten Weg führen. Glaubte man den Alten in den Gassen der Unterstadt Cutoh, konnte sie wahlweise Blinde zum Sehen und Taube zum Hören bringen, heilte kranke Kinder und verlieh selbst dem schwächsten Glied unglaubliche Manneskraft.

Kein Wunder, dass das Ding Begehrlichkeiten weckte, erst recht bei den Dieben in ihren Kaschemmen und Schlupfwinkeln.

Und Shanti hatte geschworen, die Scheibe zu stehlen.

Sie biss die Zähne aufeinander, um ihre Wut zu unterdrücken, während sie das Fenster betrachtete, wegen dem sie diese waghalsige Kletterpartie unternahm. Eine Scheibe aus Silan, ganz wie sie vermutet hatte. Leicht, formbar und in eine transparente Form gepresst, die normalem Glas in nichts nachstand, aber ungleich fester war. Diese magische Legierung kam überall dort zum Einsatz, wo Reiche und Mächtige etwas zu schützen oder verbergen hatten – oder schlichtweg zu viel Geld besaßen. Abgesehen von der robusten Beschaffenheit des Materials konnte es als Träger arkaner Kraft eine Hürde darstellen, an der die meisten scheiterten.

Shanti lächelte grimmig.

Die meisten, aber nicht ich!

Den Titel einer Diebeskönigin errang man nicht einfach so. Es war klar, dass der Weg dahin Hindernisse bereithielt, die jeden zweitklassigen Beutelschneider verzweifeln ließen. Shanti zückte das Werkzeug, mit dem sie dieses Problem aus dem Weg zu schaffen hoffte. Eine schmale Klinge, einem Skalpell gleich, kam zum Vorschein. Doch nicht gewöhnliches Metall kam hier zum Einsatz, sondern ein magisch geschmolzener und geschliffener Diamant bildete die Schneide. Solange es sich nicht um massiven Fels oder Stahl handelte, konnte kaum etwas dieser sündhaft teuren Kasangitlegierung widerstehen. Das Wertvollste daran war, dass es magische Reaktionen unterdrückte, es sei denn, es handelte sich um äußerst machtvolle Magie, die kaum in einem Silanglas gebunden werden konnte.

Shanti hoffte das zumindest, als sie die Luft anhielt und die Klinge ansetzte.

Zu ihrer Erleichterung geschah nichts.

Eilig erhöhte sie den Druck. Sie wollte nicht länger als nötig hier oben auf dem Sims herumsitzen. Ihr Glück wurde durch den Beinahe-Absturz schon genug strapaziert, weshalb sie lieber früher als später das Innere des Turms erreichen wollte.

Langsam schnitt die Klinge in das Silan, als drücke man ein Brotmesser in ein hartes Stück Butter. Einen Silanschneider ohne Lizenz zu ersteigern, war eine der aufwendigsten Unternehmungen gewesen, an die sie sich erinnern konnte. Aber ihre kostspielige Vorbereitung machte sich bezahlt. Als Shanti spürte, dass die Scheibe durchdrungen war, begann sie, die Klinge nach unten zu führen. Sie wollte einen Bereich herausschneiden, der groß genug war, um die Hand hindurch zu stecken. Quälend langsam kam sie Finger für Finger voran. Es dauerte viel länger, als sie vermutet hatte. Außerdem war es sehr anstrengend, zumal ihr Arm noch immer schmerzte.

Als sie den ersten Schnitt vollendet hatte, hielt sie inne und schüttelte den Arm, um die Muskulatur zu lockern. Den zweiten, waagerechten Schnitt führte sie mit der linken Hand aus.

Als sie erneut ansetzte, hörte sie plötzlich Stimmen. Ohne abzusetzen, warf sie einen Blick nach unten. Mehrere Personen traten auf den Anleger. Trotz der Beleuchtung konnte sie nicht erkennen, um wen es sich dabei handelte. Sie gruppierten sich nahe des Geländers und unterhielten sich. Kurz darauf drang Shanti ein bekannter Geruch in die Nase. Sie rauchten Kabo, getrocknetes Meergras von den Inseln. Offenbar ließen es sich dort unten einige Diener der Verasti oder Demossas gutgehen.

Shanti versuchte, sich nicht von dem berauschenden Duft ablenken zu lassen, und konzentrierte sich auf die Silanscheibe. Von dort unten konnte man sie zwar kaum entdecken, aber sehr wohl hören, wenn sie nicht achtsam vorging. Sorgfältig vereinigte sie den vertikalen mit dem horizontalen Schnitt und drückte prüfend gegen das Silanglas. Der Ausschnitt gab bereits etwas nach, da er nur noch am oberen Rand mit der restlichen Scheibe verbunden war. Sie konzentrierte sich und begann den letzten Schnitt, der es ihr ermöglichen sollte, die Platte einfach herauszulösen.

Ein Lachen von unten ließ sie zusammenzucken, kurz bevor die Arbeit vollendet war. Beinahe hätte sie das ausgeschnittene Stück fallen gelassen. Doch sie hielt es mit der Linken fest, legte mit der anderen Hand die Klinge beiseite, ließ die kleine Silanplatte langsam auf das Sims herunter und legte sie behutsam ab. Eine heftige Windböe konnte sie zwar immer noch bewegen, aber das konnte man in dieser Höhe nicht ausschließen. Shanti hoffte darauf, dass sie schwer genug war, damit so etwas nicht passierte, denn dann würde ihr Eindringen unweigerlich bemerkt werden.

Ein Blick offenbarte, dass es im Inneren des Gebäudes erwartungsgemäß dunkel war, nur vage konnte sie die

Umrisse von Möbeln ausmachen. Sie zog Lederhandschuhe über und tastete sich durch die Öffnung. Irgendwo musste das Fenster über einen Griff verfügen. Es dauerte nicht lange und sie bekam einen merkwürdig geformten Henkel zu fassen, der sich bewegen ließ und das Fensterschloss mit einem Klicken entriegelte. Zufrieden drückte Shanti das Fenster nach innen, bis ein Spalt entstanden war, breit genug, um in den Turm zu gleiten.

Kühler Steinboden, die Umrisse einer Truhe, eines Tischs, eines Betts. Eine Schlafkammer, der Staubschicht auf dem Boden nach zu urteilen aber nicht genutzt.

Shanti richtete sich auf und holte einen weiteren Gegenstand aus der Tasche. Ein kleiner Phoslyt erglühte und schuf gerade ausreichend Licht, um sich zu orientieren. Sie erkannte ein Regal mit Dutzenden Papieren und Pergamentrollen. Über dem Tisch hing eine Karte an der Wand, die die Südküste von Amhas und Valdora sowie einige der Inseln darstellte, die südlich von Thalass Horn im Grünen Ozean lagen.

Doch sie war nicht hier eingedrungen, um ihre Kenntnisse in Geographie zu vertiefen. Ihr Ziel lag nicht in diesem Raum, sondern weiter oben, dort, wo sich auch das berühmte Astrolabium befand, mit dem die Verasti die Sternbilder und Himmelskonstellationen erforschte. Was immer sie dort oben auch zu finden glaubte, Shanti interessierte sich lediglich für jene Sterne, die bereits auf die Welt gefallen waren. In ihr stieg eine Mischung aus Vorfreude und Aufregung auf. Nicht mehr weit, dann hielt sie die Scheibe in Händen.

Die Diebin schlich zur Tür, betrachtete die Klinke und drückte sie prüfend nach unten. Sie ließ sich öffnen, schickte aber ein metallenes Quietschen die dahinterliegende Wendeltreppe hinauf, die sich von der Ebene der Privatanleger bis hinauf in die letzte Turmkammer wand.

Shanti versicherte sich, dass die Luft rein war und eilte zu den Stufen, jedoch nicht, ohne die Tür hinter sich zu schließen. Weit konnte es nicht bis ganz nach oben sein.

Ein schabendes Geräusch ließ sie innehalten. Erneut war es zu hören, nicht weit von ihr entfernt, direkt um die Biegung der Treppe herum.

Blitzschnell zog sie eine Wurfklinge. Wenn ihr jemand von oben entgegenkam, war alles vorbei. Shanti dachte eigentlich, dass außer der Verasti an diesem Ort niemand verkehren durfte, und die Herrscherin von Mesoth befand sich derzeit im Festsaal beim Empfang für Demossa und andere Geschäftspartner.

Das Geräusch ertönte erneut, gefolgt von einem Gähnen.

Shanti fluchte stumm.

War ja klar, dass es nicht so einfach weitergeht!

Darum bemüht, weiterhin kein Geräusch zu verursachen, nahm sie zwei Stufen, eng an die Innenseite der Wand gedrückt. Wenige Fuß vor ihr öffnete sich die Treppe und eine Tür kam in ihr Sichtfeld. Davor stand ein Mann in einer verzierten Lamellenrüstung und rotem Wappenrock, der ihn als Soldat der Leibgarde der Verasti auswies. Er lehnte an der Wand und schien mit dem Schlaf zu ringen. Sein Spangenhelm musste an den Steinen entlanggeschabt sein, als er wegknickte. Der Kampf gegen die Müdigkeit hatte ihn verraten.

Shanti dachte nicht lange nach, sondern tauschte die Wurfklinge gegen eine Nadel, die sie eigentlich als Hilfsmittel zum Schlösser Öffnen benutzte. Sie angelte eine Phiole aus einer Gürteltasche und entkorkte das halbfingergroße Gefäß. Die Nadel tauchte in den zähflüssigen Inhalt, bevor die Phiole ihren Weg zurück in die Tasche fand. Sie musterte die Wache noch einen Augenblick. Als ein erneutes, herzhaftes Gähnen die Stille durchbrach, sprang sie vor. Der Mann realisierte zu spät, dass ihm etwas zwischen die eisernen Lamellen in den Oberarm fuhr. Für den Bruchteil eines Augenblicks war er hellwach, dann sackte er in sich zusammen. Die Diebin hatte Mühe, den leblosen Körper des Gerüsteten aufzufangen. Sein Speer fiel ihm aus der Hand und schlug klappernd auf die Treppenstufen.

Shanti verharrte verkrampft in der Hocke, bis sie sich sicher war, dass niemand den Krach gehört hatte. Dann sammelte sie die Waffe ein und legte sie vorsichtig neben dem Mann ab. Dank des Gifts konnte er sich für einige Stunden ausschlafen. Sobald man ihn fand, würde er nicht einmal mehr erklären können, dass er nicht einfach so im Dienst eingenickt war.

Endlich konnte sich Shanti der verheißenen Tür widmen, die sie in ihrer Schlichtheit überraschte. Eine einfache Holztür, massiv zwar und mit Metallbeschlägen verstärkt, aber absolut nicht außergewöhnlich. Hier, im Herz der mesothischen Macht, hätte sie eigentlich etwas Glanzvolleres erwartet. Sie dachte nicht länger darüber nach und zog ihre Dietriche hervor. Da sie keine magischen Materialien erkennen konnte, blieb ihr nur zu hoffen, dass die Verasti hier auf gesteigerte Schutzmaßnahmen verzichtete, die ihr wohl im Alltag eher lästig als nützlich wären.

Das herkömmliche Doppelbartschloss war kein ernstzunehmender Gegner für Shanti. Sie trat durch die geöffnete Tür und fand sich in einem Raum wieder, der die gesamte Turmkuppel ausfüllte. Das halbrunde Dach war geschlossen, das riesige Teleskop war eingefahren und ruhte kühl auf einem drehbaren Thron aus Bronze und Eisen. Das Astrolabium darunter bildete wohl exakt die Himmelskonstellationen ab, die die Verasti mit dem beeindruckenden Gerät am Firmament erkunden konnte.

Im Gegensatz zu der einfachen Tür war Shanti nun beeindruckt. Schließlich handelte es sich dabei um eines der größten technischen Wunder von Amhas und neben der Pendeluhr der Universität in der Hauptstadt wohl um das berühmteste. Was musste es in der endlosen Weite des nächtlichen Himmels alles zu entdecken geben? Sie wusste, dass die Enzykliken der Se'Bás-Priester die Nacht als gefährliche Zeit für den Gläubigen betrachteten, in der vielerlei Gefahren und Verlockungen drohten. Als Dienerin des Belkiren, der über die Geheimnisse der Schatten und der Nacht gebot, scherte sich die Diebin allerdings nicht um so engstirnige Gebote.

Bei aller Bewunderung war sie dennoch aus anderen Gründen hier. Sie war schon in unzählige Gebäude eingebrochen und benötigte nicht lange, um den Inhalt des Raums zu erfassen und mögliche Aufbewahrungsorte für die Sonnenscheibe auszumachen. Umso überraschter war sie, dass keinerlei verzierte Schatztruhen, Silankassetten oder ähnliches zu entdecken waren.

Vielleicht wird sie doch in der Schatzkammer aufbewahrt. Dann war alles umsonst!

Die Schatzkammer befand sich in den Tiefen der Zitadelle und stellte sicherlich ein erstrebenswertes Ziel für jeden Dieb oder Selbstmörder dar. Jeder, der dort hineingelangte, würde die Reichtümer, die dort angeblich lagerten, immer noch hinausschaffen müssen. So ein Vorhaben war noch aussichtsloser, als die Sonnenscheibe zu stehlen, weshalb sich auch noch nie jemand daran versucht hatte.

Shanti begann den Raum abzusuchen. Optische Gerätschaften verschiedener Machart und Größe, ein Werktisch mit alchimistischen Stoffen und mehrere Bücherregale mit Folianten unbekannter Herkunft deuteten eher nicht auf die Verwahrung der Scheibe hin. Eine durchaus beeindruckende, wenngleich ebenso wenig zielführende Gerätschaft war auf einem ausladenden Holztisch unterhalb des Teleskops platziert worden. Auf dem Apparat und der metallbeschlagenen Kuppel reflektierte das geisterhafte Licht eines yamarischen Sternweisers. Hunderte kaltglühende Kasangiten auf dem Himmelsglobus – einer für jeden bekannten Stern am Firmament Camoteas – tauchten den Raum in das Blau einer Vollmondnacht.

»Verdammt«, murmelte Shanti. Allmählich kroch ein mulmiges Gefühl in ihr herauf. Der größte Triumph ihrer Diebeslaufbahn verwandelte sich in episches Scheitern.

Ihr Blick wanderte zu einem Schrank mit einer doppelten Glastür, in den das Licht der Kasangiten fiel. Sie trat heran und lugte durch die verdreckten Scheiben. Es befanden sich Mineralien und fremdartige Steine darin, daneben Überreste von Fossilien und Knochen von Lebewesen, denen Shanti lieber nicht begegnen wollte. Zwischen alldem entdeckte sie irgendwann die Umrisse eines Zeichens in der alten Hochsprache der Tân.

Das muss sie sein!

Sie erschauderte vor Aufregung, öffnete vorsichtig die Tür. Eine Wolke Staub kam ihr entgegen.

Das Ding liegt in einem dreckigen alten Schrank?!

Doch als sie die Hände ausstreckte und den Gegenstand mit der Rune aus einem Vorhang von Spinnweben hervorzog, gab es für sie keinen Zweifel mehr: Da war sie, die Scheibe von Dessalia. Ein grauer Sternenstein in unregelmäßigen Abmessungen, weder rund noch eckig. Fast so, als habe ein unbeholfenes Kind seine erste Töpferarbeit gefertigt. Man hätte sie für billigen Tand, den minderwertigen Ramsch eines Trödlers halten können. Einzig die archaische Se'bás-Rune ließ erahnen, dass es sich dabei nicht um einen profanen Gegenstand handelte.

Aber müsste das Ding nicht in einer Truhe liegen, dreifach gesichert durch Fallen mit Bolzen, Gift und Magie? Müssten nicht alle Glocken schlagen und eine Kompanie Soldaten mit Kyroi-Schusswaffen auftauchen, um mich an Ort und Stelle zu erschießen?

Shanti drehte das unförmige Relikt in der Hand und runzelte die Stirn. Sie hatte in ihrem Leben schon eine ganze Menge wertvoller Sachen gestohlen, angefangen mit Silber und Gold, über Edelsteine bis hin zu antiken Prunkwaffen des Imperiums von Tân oder gar Lustspielzeugen aus Kasangit, die einzige erwähnenswerte Hinterlassenschaft des Despoten Rastan aus der amhasischen Gründerzeit. Alles Dinge, die irgendeinen erkennbaren Wert besaßen. An der Scheibe hingegen schien überhaupt nichts wertvoll zu sein, weder das Material, noch die Bearbeitung, und wenn das Ding magisch war, dann war Shanti die keusche Hohepriesterin der Erntegöttin Delakri. Sie war keine Magierin und konnte sich natürlich täuschen, aber ihre Intuition hatte ihr über die Jahre in den Gassen und auf den Dächern von Mesoth selten einen Streich gespielt.

»Sieht eher aus wie der Talisman eines Zatosianer-Pilgers«, murmelte sie. »Das verdammte Ding ist doch eigentlich einen Scheißdreck wert.« *Das* war der wertvollste und begehrenswerteste Gegenstand, den es in Mesoth gab? War sie in den Turm der Verasti eingestiegen, den unmöglichsten Ort für einen Dieb, den man sich nur vorstellen konnte, um dann mit einem nichtssagenden Symbol von dannen zu ziehen? Einem Symbol, das ihr einen Titel einbrachte, den es überhaupt nicht gab, und der sie gleichzeitig zur meistgesuchten Person in Mesoth machen würde?

Verflucht, das war doch von Anfang an klar. Deswegen war es ja auch so dämlich, sich nach zu vielen Krügen Wein auf dieses Spiel einzulassen. Wenn ich schon hier bin, soll es sich wenigstens lohnen! Dann reise ich eben in die verdammte Hauptstadt und knöpfe den Hohepriestern ein Vermögen dafür ab!

Die meisten der anderen wertvollen Gerätschaften waren für Shanti zu groß, um sie hinauszuschaffen. Schließlich würde sie den Weg, den sie gekommen war, erneut bewältigen müssen. Sie überlegte, ob sie kurzerhand die Kasangiten aus dem kunstvollen Sternweiser brechen sollte, doch sie verwarf den Gedanken und spähte weiter durch den Raum.

Es dauerte eine Weile, bis sie Umrisse im Mauerwerk wahrnahm, die nicht natürlichen Ursprungs sein konnten. Neugierig lief sie zu der Wand hinüber. Sie fuhr mit dem Finger die Linien nach, ein leichtes Kribbeln erfüllte ihre Fingerkuppen. Diesmal sagte ihr Bauchgefühl, dass sich hinter dieser Wand etwas unglaublich Wertvolles befinden musste.

Shanti schüttelte den Kopf. *Jetzt red' dir nicht so einen Unsinn ein. Hinter dieser Wand befindet sich nichts*

*anderes als Luft. Und wenn du dich jetzt nicht beeilst,
kann die Luft hier drin ganz schnell dünner werden als
da draußen.*

Vielleicht hatte sich dort einst ein Erker befunden,
oder es handelte sich um Schäden am Turm, die vor langer Zeit ausgebessert worden waren. Shantis Verstand
lieferte eine Reihe Erklärungen, die allesamt plausibler
als die Möglichkeit waren, es hier mit einem mysteriösen
Versteck zu tun zu haben. Dennoch sagte ihr Gefühl etwas anderes.

*Es ist nicht dein Verstand, der dich zur Königin des
Diebesgesindels macht – hör auf dein Gefühl!* Sie begann, die Linie abzusuchen, nach etwas, das vielleicht einen Öffnungsmechanismus in Gang setzte.

Je länger sie tastete, desto lauter riet ihr eine innere
Stimme, dass sie mit dieser Schnapsidee ihr Leben aufs
Spiel setzte. Sie hatte ihr Ziel erreicht und die Scheibe
gefunden. Doch alles, was sie danach getan hatte, würde
sie am Ende nur dazu bringen, am Strick zu landen, anstatt sich von ihren Widersachern die Anerkennung zu
holen, die ihr schon lange zustand.

Was immer der Grund für diese geheime Öffnung war,
sie musste es einfach herausfinden. Doch so sehr sie
auch zu verstehen versuchte, was sie da vor sich hatte,
desto weniger erschloss sich ihr die Lösung. Sie seufzte
und lief ein paar Schritte im Raum hin und her. Sie blieb
vor dem Sternenweiser stehen und betrachtete dessen
Zahnräder und Edelsteine. Nachdenklich drehte sie an
den Ausrichtungskronen des Geräts, woraufhin sich plötzlich Lichtstrahlen auf den Himmelsglobus, aber auch auf
verschiedene andere Stellen in der Turmkuppel richteten.

Erschrocken zuckte Shanti zurück, doch alles blieb ruhig. Als sie die Augen wieder auf die vermeintliche Öffnung richtete, deutete ein Streifen des magischen Lichts
genau auf die Stelle, an der sie zuvor so lange gesucht
hatte. Tatsächlich befand sich dort etwas, das sie mit

dem bloßen Auge nicht erkannt hatte. Sie sah eine weitere Linie, die direkt durch den Stein verlief. Das Glänzen war nun unverkennbar.

»Dracanium«, murmelte Shanti. Das wertvollste Metall, das ihr bekannt war. Alleine der in die Wand eingelassene Streifen des auch als Asteril bezeichneten Sterneneisens besaß einen höheren Wert, als drei fette Truhen Gold zusammen.

Sofort lief sie hinüber und zeichnete mit den Fingern die Linie nach. Ein Prickeln durchfuhr sie, alles andere als unangenehm. Als sie fortfuhr, breitete sich das Gefühl in ihrem Körper aus, erfasste zuletzt auch den Kopf. Doch der fühlte sich plötzlich an, als habe sie ihn in einen Kübel Eiswasser gesteckt.

Shanti stöhnte und rieb sich die Augen. Sie krümmte sich unter Schmerzen und bemerkte dann, dass jegliches Gefühl aus ihren Fingern gewichen war. Leblos krallten sie sich in ihr Gesicht. Sie sprang zurück und fiel hin. Obwohl sie von Schwärze umfangen war, drangen schemenhafte Gestalten auf sie ein, die nach ihr griffen. Wabernde Leiber zuckten durch ihren Verstand und verlangten nach Gedanken, Gefühlen, Erinnerungen. Schreie drangen an ihre Ohren, doch Shanti wusste nicht, ob sie sich ihrer eigenen Kehle entrangen oder aus großer Ferne an sie herangetragen wurden. Verzweifelt kämpfte sie gegen die Wesenheiten in ihrem Kopf an, ohne zu wissen, ob sie tatsächlich existierten oder bloße Einbildung waren, gebildet aus Schmerz und Angst.

Die Verzweiflung riss sie mit sich, wirbelte sie in Spiralen in die Abgründe ihres Selbst, obwohl ihr Körper zuckend auf dem Steinboden im Turm der Verasti verblieb. Zeit und Raum spielten keine Rolle mehr, und Shanti war kurz davor, am Wahnsinn zu zerbrechen, der von allen Seiten auf ihre Seele einstürmte. Finsternis drang auf sie ein, wollte sie packen, mit sich reißen, dem Urgrund all dessen einverleiben, der das Entsetzen auslöste.

Dorthin, wo eine schwarze Sonne loderte.

Gleichsam verlockend wie verschlingend, erhaben und doch abstoßend, sog sie alle Wahrnehmungen, alles, was jemals zu verstehen gewesen war, in sich auf.

Shanti war nicht mehr imstande zu schreien. Sie ergab sich dem Strom, der sie in die finstere Eklipse hinabriss.

Es würde enden.

Innerhalb eines Wimpernschlags war es vorüber.

Die Wirklichkeit drang mit unverminderter Wucht auf sie ein, und die Diebin fand sich wimmernd auf dem Boden der Turmkammer wieder. Dort lag sie, zusammengekauert wie ein kleines Kind, und nur langsam erfassten ihre Sinne die Umgebung. Da waren die Schriftrollen und Bücher in den Regalen, die stickige Luft, das Mondlicht, das den Raum erfüllte und diffuse Schatten warf.

Es kam Shanti vor, als hätte sie Tage in dem Strudel des Entsetzens verbracht. Sie kam unbeholfen auf die Beine und stolperte mehrere Schritte durch den Raum, bevor sie sich am Tisch festhielt. Ihr Magen verkrampfte sich und sie würgte, doch übergeben konnte sie sich nicht. Es war, als habe sie tagelang nichts gegessen. Nicht einmal genug Speichel sammelte sich in ihrem Mund, um auszuspucken.

Ich muss hier weg! Sie machte unbeholfene Schritte auf die Tür zu, bei denen ihr fast die Beine einknickten. *So komme ich hier niemals raus.*

Ihr Bewusstsein wollte ihr sagen, dass es etwas Schlimmes war, als sich im gleichen Moment die Tür öffnete. Doch Shanti war lediglich imstande, den eintretenden Mann unter schweren Augenlidern und mit halb geöffnetem Mund anzustarren. Zu einer Reaktion auf sein Erscheinen war sie nicht fähig.

Der Mann betrachtete sie. Er schien nicht überrascht zu sein, sie dort vorzufinden. Anstatt in Aufregung zu verfallen und die Wachen zu rufen, zeichnete sich ein Lächeln auf seinem Gesicht ab. Die Falten, die es warf, breiteten sich bis zu seiner Glatze aus, deren glatte Kopfhaut einen merkwürdigen Kontrast zum Gesicht bildete.

»Du hast länger gebraucht, als wir erwartet haben«, sagte er mit ruhiger Stimme.

Shanti wollte etwas antworten, doch ihre ausgetrocknete Zunge klebte am Gaumen fest, so dass sie nur etwas Undeutliches hervorbrachte, das sie selbst nicht verstand.

»Ich kann mir denken, dass es anstrengend war, hier hinaufzugelangen. Wir waren gespannt darauf, auf welche Weise du es versuchst. So eine Kletterpartie meistern nicht viele, ebenso, wie es nur wenige vermögen, eine Silanplatte zu zerstören.«

Die Freundlichkeit war aus seinem Gesicht gewichen. Er vollführte eine Geste, die Shanti nicht deuten konnte. Als er die Augen schloss, überkam sie das Gefühl, als würde sie ein Ochse rammen. Mit einem fürchterlichen Schlag wurde sie vor die Außenmauer des Raums geworfen und blieb dort hängen, als sei sie angekettet. Eine Flut von Schmerzen ertränkte die Schwäche. Schreiend wand sie sich in den Fängen eines unsichtbaren Schraubstocks, der sie an die Wand presste. Doch alle Mühe war vergebens. Nach einigen Augenblicken gab sie auf. Ihre Augen fanden den Peiniger, der eine Körperlänge von ihr entfernt stand und sie mit süffisantem Gesichtsausdruck beobachtete. Er genoss ihre Hilflosigkeit. Da erst bemerkte sie seine weiten, robenartigen Gewänder und die fremdartigen Symbole, mit denen die Glieder seiner Finger tätowiert waren.

Ein verfluchter Magier!

Nach einer Weile trat er vor und langte ungeniert in ihr Gewand. Panik ergriff Shanti, als sie die grobe Hand an ihrem Körper fühlte. Er blickte ihr dabei direkt in die Augen.

Dann brachte er die Klinge zum Vorschein, mit der sie das Loch in das Fenster geschnitten hatte. »Eine Kasangitklinge, sehr interessant. Beeindruckende Arbeit. Ich frage mich, wo eine Gossenratte wie du so etwas her hat?«

»Fick dich!«, presste Shanti hervor.

Sachte schüttelte der Mann den Kopf, dann nahm er die Klinge und trieb sie Shanti durch die linke Handfläche. Sie durchdrang mühelos Haut und Knochen und blieb im Mauerwerk dahinter stecken. Die Diebin brüllte vor Schmerzen und warf den Kopf hin und her. Blut ergoss sich über ihren Unterarm und tropfte auf den Boden.

»Auf Fragen erhalte ich für gewöhnlich eine Antwort«, sagte der Magier ungerührt, nachdem ihr Schreien zu einem Wimmern abgeklungen war. »Also, woher stammt die Klinge?«

Mit zusammengebissenen Zähnen blinzelte Shanti den Mann an. »Ich hab sie gestohlen.«

»Ich sehe, du beginnst die grundlegende Funktionsweise unserer Konversation zu verstehen. Es hätte mich auch gewundert, wenn ich weitere Löcher in dich stechen müsste, um dir das klarzumachen.«

»Ich bin ... eben ein schlaues Köpfchen«, flüsterte Shanti.

Die Antwort entlockte dem Magier ein Lachen. »Das bist du tatsächlich. Du wärst sonst kaum bis hier heraufgelangt, um dieses anregende Gespräch zu führen. Die meisten scheitern schon daran, herauszufinden, wo sie überhaupt suchen müssen. Doch bei aller Klugheit lass dir gesagt sein, dass du unsere Gastfreundschaft nur deshalb genießt, weil wir es dir gestatten.«

Shanti verzog ungläubig das Gesicht. Sie bemerkte, was den Mann amüsierte. Er zwirbelte sich kichernd den Schnurrbart.

»Denkst du etwa, es sei so leicht, in das Astrolabium der Verasti vorzudringen, wie es dir erlaubt war? Nein, Liebes, so naiv kannst du nicht sein. Kam es dir nicht merkwürdig vor, dass es so wenige Wachen gab? Dass du auf keine magischen Fallen gestoßen bist, die deinen kleinen Körper an Ort und Stelle in seine Bestandteile aufgelöst hätten?«

»Ehrlich gesagt ... doch.«

»Das dachte ich mir. Aber selbst, wenn du dem Gefühl nachgegeben hättest, hätte es kein Entkommen mehr für dich gegeben. Wir wussten nicht, wann und wie genau du es anstellen würdest, aber seit du den ersten Fuß von Demossas Arcanaero heruntergesetzt hast, haben wir jeden deiner Schritte überwacht. Sehr geschickt, sich bei ihm in die Dienerschaft einzuschleichen. Die Verasti wird nicht umhinkommen, Turakis auf dieses Versäumnis hinzuweisen. Es wird ihn einige Mühen und Gefälligkeiten kosten, sie milde zu stimmen, fürchte ich.«

»Ist mir scheißegal, was die Verasti mit diesem Drecks-kerl macht. Sag mir lieber, woher ihr wusstet, dass ich komme.«

»Ganz einfach: Du hast dir die falschen Wettpartner ausgesucht. Dein kleiner Freund Tassa kam zu uns ge-schlichen. Für eine hübsche Stange Geld hat er uns von eurer Vereinbarung berichtet.«

Shanti schnaubte vor Wut. »Tassa! Verfluchter Huren-sohn!«

»Er hat wohl befürchtet, dass du Erfolg haben könn-test«, vermutete der Magier. »Leider musste er seinem plötzlichen Reichtum wieder entsagen, denn die Verasti lässt es nicht zu, dass ihr stinkenden Kröten lustige Spielchen auf ihre Kosten veranstaltet. Sei also beruhigt: Bei eurer Wette gibt es nur Verlierer – außer der Verasti selbstredend, die ihr dummerweise gar nicht dabeihaben wolltet.«

»Warum habt ihr mich dann nicht gleich festgenom-men?«

»Wir waren neugierig, wie weit du es schaffst. Außer-dem hast du uns dankenswerterweise einige Schwach-stellen aufgezeigt, die zukünftig behoben sein werden. Ein winselnder Demossa und eine fortan sicherere Zita-delle – eigentlich müssten wir dir dankbar sein.«

»Dann könnt ihr ja meine Dienste ausbezahlen und mich laufen lassen.« Shanti versuchte zu grinsen, brach-te aber nur einen gequälten Gesichtsausdruck zustande.

Der Magier blickte sie ungläubig an, dann verhärtete sich seine Miene und er näherte sich ihr.

»Über die Belohnung können wir ja nochmal verhandeln, ich bin da durchaus gesprächsbereit«, fügte Shanti hastig hinzu.

Der Geruch von yamarischem Duftwasser drang in ihre Nase, als der Mann an sie herantrat und mit einer Hand durch ihre Locken strich. »Wir verhandeln nicht mit Dieben«, flüsterte er ihr ins Ohr.

Dann drehte er die Klinge in ihrer Handfläche um.

2. Angst

Die Hafenbecken von Mesoth hatten alle Arten von Menschen kommen und gehen sehen. Die meisten von ihnen kamen freiwillig, um in der Stadt an der Mündung des Sokali ihr Glück zu machen oder zumindest einen hübschen Gewinn zu erzielen. Manche Bereiche innerhalb der weitläufigen Hafenbefestigungen suchte man allerdings nicht aus freien Stücken auf.

Dazu gehörte auch jene Gegend, die bei den Bewohnern von Mesoth nur als »Die Käfige« bekannt war. Ein Name, der nicht gerne in den Mund genommen wurde, von dessen Existenz aber nahezu jeder wusste.

Dabei war die Auswahl derer, die sich dort die Ehre gaben, nicht einmal besonders nennenswert, denn es gehörte dieser Tage in Mesoth nicht viel dazu, sich an diesem Ort einfinden zu dürfen. Doch jeder, der den Weg zu gehen hatte, wusste, dass die Schritte auf der Kaimauer seine letzten waren. Die Verasti verpflichtete wöchentlich eine handverlesene Auswahl auffällig gewordener Bürger dazu, Hauptdarsteller in einem exklusiven Spektakel zu werden.

Die namensgebenden Käfige, die an langen, kranartigen Auslegern über einem abgetrennten Becken abseits der mesothischen Hochseeflotte hingen, hatten in ihrer Zeit eine lange Reihe von Besuchern beherbergt. Jeder, hinter dem sich die vergitterte Tür schloss, beendete seinen Weg in der braungrünen Brühe, die sich unterhalb der Käfige erstreckte.

Auch an diesem sommerlichen Tag, an dem vom Grünen Ozean nur eine schwache Brise herüberwehte, die den Zuschauern der aktuellen Vorführung ein wenig Erleichterung in der Hitze verschaffte, hatte sich eine kleine Schar auf Weisung der Verasti eingefunden, um die Annehmlichkeiten der Käfige in Anspruch zu nehmen.

Shanti befand sich unter ihnen. Gemeinsam mit anderen »Gästen der Verasti« schleppte sie sich am Rand des

Beckens entlang, den Blick stur geradeaus gerichtet. Sie wunderte sich, dass sie überhaupt aufrecht laufen konnte, denn es gab kaum einen Teil ihres Körpers, der ihr nicht wehtat. Die Befragung des Magiers war sehr gründlich gewesen, offenbar hatte er es eilig gehabt, denn er hatte sie vor jeder Frage mit Schmerzen gepeinigt. Sie hatte alles ausgepackt, was sie wusste, doch außer der Wette mit Tassa gab es nicht viel zu erzählen. Keine tiefergehenden Pläne, keine weitreichenden Verschwörungen oder Attentatsversuche auf die Verasti. Ganz einfach ein profaner Diebstahl, der sie zur Königin der Diebe von Mesoth machen sollte.

»In Mesoth gibt es nur eine Königin«, war das letzte, was der Magier ihr ins Ohr gezischt hatte, bevor sie bewusstlos geworden war. Als sie aufwachte, fand sie sich in einer Zelle wieder, und bald darauf angekettet an die übrigen Delinquenten im Hafen.

Als Shanti ins Freie geführt wurde und das Becken erblickte, wusste sie, dass ihr Schicksal besiegelt war. Der Preis des Scheiterns war hoch, das war ihr von Anfang an klar gewesen. Keine Anhörung, kein Gericht, keine Verurteilung.

Verbrechen gegen die Herrscherin von Mesoth wurden mit einer einzigen Strafe geahndet: Folter und Tod – die Verasti war nicht zimperlich bei der Wahl ihrer Mittel.

Dennoch blieb Shanti erstaunlich ruhig, während sie die letzten Schritte bis zu den Käfigen hinter sich brachte, vor denen die Gefangenen stehenbleiben mussten. Sie hob den Kopf. Auf einer Holztribüne, nicht weit entfernt, lungerten einige Seesoldaten herum, die mehr Interesse an einem Würfelspiel als an der Hinrichtung zeigten. Daneben saß eine Gruppe aus Männern und Frauen, deren Gesichtsausdrücke zwischen Entsetzen und Vorfreude schwankten. Sie waren die Mitglieder der mesothischen Variante einer Geschworenenbank. Shanti wusste, dass die Verasti zu jeder Hinrichtung ein Dutzend Bürger einlud – nein, eher befahl –, um ihnen die Konsequenzen ungebührlichen Verhaltens plastisch vor Augen zu führen. Einer von Shantis Diebesfreunden hatte einmal diesem Schauspiel beiwohnen dürfen und fasziniert davon berichtet, wie die Gefangenen im Dreck des Hafenbeckens verschwunden waren. Viel mehr gab es nicht zu erzählen, außer, dass man nichts mehr von den Verurteilten gesehen habe. Dennoch sei es sehr unterhaltsam gewesen, wie er ihr mit seltsamen Glanz in den Augen nahegebracht hatte.

Als sich ein Mitgefangener geräuschvoll seines Darminhalts entleerte, wurde Shanti bewusst, dass die Zuschauer über die reine Hinrichtung hinaus tatsächlich einiges geboten bekamen. Die Angst vor dem Tod machte keinen Unterschied zwischen Männern und Frauen, Tapferen und Feigen, Reichen oder Armen, Verbrechern und Unschuldigen. An der Pforte zu Elotias Domäne waren alle gleich. Einst mutige Draufgänger wurden zu wimmernden Nervenbündeln, den redseligsten Tratschweibern blieb nichts als Schweigen, und selbst der großmäuligste Oligarchensohn nässte sich ein wie ein Säugling. Der Tod war eine verdammte Hure, die alles von einem forderte, bevor sie Erlösung schenkte.

Shanti spürte tief in sich ein Stechen, ein Ziehen, das sich ganz allmählich in die Glieder schlich und die körperlichen Schmerzen überlagerte. Sie hob ihre mit dreckigen Bandagen verbundene Linke und merkte, wie sie zitterte. Da war sie also, ihre ganz persönliche Angst vor dem Tod. Eigentlich ein alter Bekannter, aber bislang hatten sie sich nur flüchtig kennengelernt. Sie zwinkerte ihm zu, wenn sie auf einer Dachkante ausglitt und abzustürzen drohte, sie spürte seine Berührung, wenn sie den unerwartet auftauchenden Wachen eines Oligarchen durch das rettende Fenster entging. Das war allerdings nur ein Hauch dessen, was sich da am Hafen in ihre Eingeweide fraß.

Die Wachen der Verasti hatten keine Eile. Sie gönnten den Gefangenen ihr Entsetzen vor dem nahenden Ende.

Auch das Geschrei und der Gestank der Exkremente, der ihnen entgegenschlug, als sie endlich die Käfigtüren öffneten, schien sie nicht zu stören.

Ein Soldat löste die Kette vom Eisenring um Shantis Hals und schob sie grob zurück. Die Gefangenen mussten sich in vier Dreierreihen aufstellen, um dann einzeln in die Käfige zu treten. Schon die erste Auswahl wurde quälend langsam durchgeführt. Shanti wurde in die letzte Reihe gestellt. Sie würde einem Großteil des Schauspiels ebenso beiwohnen dürfen wie die Tribünenzuschauer, nur, dass sie im Schlussakt eine Hauptrolle zu spielen hatte. Es konnte kein Zufall sein, dass sie bis zum Schluss aufgehoben wurde. Sie atmete schwer, als sich unter Schmerzen ihre Eingeweide zusammenzogen. Mit ihrer Ruhe würde es bald vorbei sein. *Der Tod ist ein Meister, den wir Menschen nicht zwingen können.* Nie schien dieses Sprichwort wahrer zu sein als in diesem Moment.

Die Türen hinter den ersten drei Verurteilten schlossen sich.

Mit Geduld und Gleichmut drehten zwei Soldaten der Verasti an dem mechanischen Räderwerk, das die Käfige in die Luft hob und den Ausleger langsam über das brackige Wasser schwenkte.

Dann stand die Gerätschaft still. Ruhe senkte sich über das Hafenbecken, aus der Entfernung waren lediglich das Geschrei der Sturmmöwen und die an die Mauer der Hafenfestung brandenden Wellen zu hören. Auch Shanti hielt den Atem an. Es gab keine pompösen Ansprachen, keine belehrenden Worte für die Verurteilten oder Zuschauer, wie man es bei einer Hinrichtung erwarten könnte.

Stattdessen passierte nichts dergleichen.

Das verzweifelte Gewimmer der Männer in den Käfigen drang zu Shanti herüber, einer von ihnen begann wie ein wildes Tier um sich zu schlagen.

Dann gab der Wachhauptmann ein Zeichen, und durch einen weiteren Mechanismus wurde die Arretierung der

Käfigböden gelöst. Zwei Körper fielen nach unten, die Füße eines dritten baumelten aus dem Käfig ins Leere. Der Mann hielt sich an den Gitterstäben der Tür fest, um dem Sturz in das Hafenbecken zu entgehen. Shanti bezweifelte, dass ihn das retten würde.

Im Wasser unter ihm geschah erst einmal nichts. Die beiden Mitgefangenen kamen nach einigen Augenblicken prustend an die Oberfläche und hielten sich ungeschickt über Wasser. Einer suchte offenbar nach dem schnellsten Weg an Land. Er hatte kaum den ersten Schwimmzug in Richtung Kaimauer gemacht, da brach im Hafenbecken die Hölle los.

Die Oberfläche der Brühe kräuselte sich, Shanti meinte im Sonnenlicht glänzende Schuppen zu sehen, dann verschwand der Schwimmer unter Wasser. Eine dunkelrote Wolke breitete sich in Richtung seines Leidensgenossen aus, der daraufhin zu quieken begann und wild um sich schlug. Einen Moment später wurde ihm vor den Augen der entsetzten Zuschauer von einem zahnbewehrten Maul ein Arm abgerissen. Es ging so schnell, als sei das Geschoss einer Kyroi-Schusswaffe durch ihn hindurchgefahren. Bevor er überhaupt begriff, was mit ihm passierte, wurde auch der Rest seines Körpers auseinandergerissen. Danach war von den Männern nichts mehr zu sehen. Das Wasser beruhigte sich wieder.

Darüber hielt sich jedoch immer noch der dritte Gefangene fest, als könne er dem Unausweichlichen entrinnen. Shanti sah, wie der Gardehauptmann seufzte und den Soldaten an der Steuerung der Kräne ein Zeichen mit dem Finger gab. Daraufhin senkte sich der Käfig langsam ab. Als die Füße in das Wasser eintauchten, fuhr ein glänzender Leib aus der Tiefe hervor und riss dem Mann den Unterkörper weg. Dem Regen aus Blut folgten Torso und Kopf, die in der Tiefe des Beckens verschwanden.

Shanti glaubte, keine Luft mehr zu bekommen, und begann zu würgen. Sie beugte sich vornüber und erbrach ihre Magenflüssigkeit. Den anderen um sie herum ging es nicht viel anders. Wer nicht kotzte, schiss sich ein oder brüllte nach seiner Mutter. Irgendwann richtete sich Shanti hustend auf, Tränen verschleierten ihren Blick. Das tiefe Blau des Himmels über Mesoth klarte ihren Blick bald wieder auf. Sie zwang sich, ruhig zu atmen, und trotz des Entsetzens um sie herum den Verstand irgendwie beisammenzuhalten.

Währenddessen schwenkten die Ausleger mit den Käfigen in der gleichen Ruhe wie zuvor zu den Delinquenten zurück, nur um kurz darauf neu beladen zu werden. Zwei der Verurteilten mussten hineingeprügelt werden. An den Fetzen ihrer Kleidung erkannte Shanti, dass es sich dabei einst um wohlhabende Männer gehandelt hatte. Wer bei den Käfigen ankam, dem nutzte auch ein feiner Zwirn nichts mehr. Der Dritte ergab sich in sein Schicksal. Auf dem dunkelhäutigen Mann, dessen Oberkörper fast vollständig mit verschlungenen Hautbildern versehen war, lag eine Ruhe, als habe er das Diesseits schon verlassen. Er schien überhaupt nicht wahrzunehmen, was um ihn herum geschah und setzte sich mit geradem Rücken in die Mitte des Käfigs, als sei er von der Verasti zu einer Tasse Tee geladen worden. Shanti vermutete, dass er aus Yamar stammte. In den Weiten des Reiches im Süden von Camotea lebten viele Völker, die ihr völlig unbekannt waren.

Erst als sich auch die anderen Türen schlossen, setzten sich die Ausleger in Bewegung. Shanti wollte lieber nicht hinsehen und starrte stattdessen zur Tribüne hinüber. Dort hatten gleichermaßen Entsetzen wie Faszination um sich gegriffen, Mehrere Zuschauer schienen gehen zu wollen, doch die Soldaten der Verasti sorgten dafür, dass niemand die Bank verließ oder den Blick abwandte. Auf dem obersten Rang erkannte Shanti einen Glatzkopf mit einer Robe. Es war der Magier, der sie gefangengenommen hatte. Aufmerksam beobachtete er die Hinrichtung. Jedoch war nicht zu erkennen, ob er die Darbietung genoss.

»Diese verdammte Drecksau«, zischte Shanti und drehte sich von der Tribüne weg.

Genau in diesem Moment öffneten sich die Falltüren. Sie sah noch, wie der Mann aus Yamar wie ein Stein ins Wasser eintauchte, noch immer in aufrechter Haltung. Während in den Augenblicken darauf Körperteile der anderen beiden Männer umherflogen, war von ihm nichts mehr zu sehen. Shanti bewunderte den Yamarer und hoffte, dass seine Seele ihren Frieden gefunden hatte, ganz gleich, was er in seinem Leben für Verbrechen begangen haben mochte.

Diesmal schien es nicht so lange zu dauern, bis die Käfige in die Ausgangspositionen zurückkehrten. Sie wurden auf den Boden heruntergelassen, und erneut öffneten sich die Türen, um zwei Frauen und einen kleinen, feisten Mann aufzunehmen. Die beiden Frauen waren älter und sahen sich ziemlich ähnlich, wahrscheinlich waren sie Schwestern, schloss Shanti. Bunte Schminke verzierte ihre Gesichter, und an den in die Haut eingelassenen Schmucksteinen ihrer Oberarme erkannte Shanti, dass sie den mesothischen Huren angehörten – oder besser gesagt denjenigen, die in einem Bordell ganz offiziell ihrer Profession nachgingen und entsprechend ihr Achtel zahlten. Eine der beiden begann zu schreien und sich mit Händen und Füßen dagegen zu wehren, von den Wachen in den Käfig geschoben zu werden. Es dauerte nicht lange, bis sie zu Boden geprügelt wurde und sich kaum mehr regte, als man sie in den Käfig warf.

In diesem Moment sprang der dicke Mann vor und versuchte, einem Wachmann den Speer zu entringen. Beide strauchelten, stürzten zu Boden und begannen, miteinander um die Waffe zu kämpfen. Der Gefangene erwies sich als überaus kräftig, und ließ nicht von dem Schaft ab. Da die anderen Wachmänner mit den Huren beschäftigt waren, und sich die verbliebenen Wachleute offenbar nicht trauten, Shanti und ihre Leidensgenossen alleine zu lassen, kam niemand dem Kameraden zu Hilfe. Der versuchte wieder auf die Beine zu kommen, doch dabei glitt er in Erbrochenem aus und schlug beim Sturz auf den Rand der Kaimauer.

Das nutzte der Dicke und entriss ihm den Speer. Er krabbelte aus der Reichweite des Benommenen und rammte ihm die Spitze in die Brust. Ungeschickt versuchte er die Waffe wieder freizubekommen und geriet dabei ebenfalls aus dem Gleichgewicht. Die Füße rutschten auf dem glitschigen Untergrund weg und er setzte sich auf den Hosenboden.

Bevor er aufstehen konnte, schlossen sich messerscharfe Zähne um seinen Unterschenkel. Ein mannsgroßer, schlangenartiger Körper war aus dem Wasser emporgeschossen, ein Dornenkamm zierte den Rücken. Schwarze Augen fixierten die Umstehenden und starrten gleichsam ins Nichts.

Shanti war starr vor Entsetzen, als sie sah, wie das Bein des Unglücklichen einfach unterhalb des Knies abgebissen wurde. Damit verschwand das schreckliche Monster wieder im Wasser. Das Geschrei, das der Mann ausstieß, klang grauenvoll. Verzweifelt presste er die Hände auf den Beinstumpf, zwischen den Fingern schoss Blut hervor und färbte den Boden rot.

Die junge Diebin konnte den Anblick nicht länger ertragen und wollte sich abwenden, als ein weiterer Körper aus dem Wasser auftauchte, nahezu doppelt so groß wie der vorherige. Ein gieriger Kiefer öffnete sich, umschloss den Torso des Mannes und zerrte ihn weg. Einen Augenblick später war er im Becken verschwunden, nur die sich ausbreitende rote Wolke blieb von ihm zurück.

Shanti drohte die Besinnung zu verlieren, sie spürte, dass sie taumelte, ihre Beine den Dienst versagten. Erst ein Schlag in den Rücken brachte sie in die Wirklichkeit zurück. Sie schüttelte den Kopf und sah, wie sich die Käfige erneut auf den Weg machten, um ihren Inhalt über dem Becken zu entladen. Diesmal schloss sie die Augen. Sie wollte es nicht sehen, und das, was unvermindert an ihre Ohren drang, war schlimm genug. Erst als das sich überschlagende Geschrei der Frauen verstummt war, ließ Shanti wieder Sonnenlicht durch die Lider.

Ein weiterer Stoß in den Rücken bedeutete ihr, vorzutreten. Es war soweit. Sie war die nächste, und die gebrabbelten Gebete des jugendlichen Verurteilten neben ihr machten das Unausweichliche nicht besser. Shanti verwarf den kurz aufblitzenden Gedanken, sich einfach ins Wasser zu stürzen, um es hinter sich zu bringen. Wozu noch länger aufschieben, was nicht zu verhindern war? Wozu auf ein Wunder hoffen? Trotz der einfach zu beantwortenden Fragen sträubte sich alles in ihr dagegen, dem Schicksal zuvorzukommen, so als sei jeder Augenblick, jeder Atemzug in der Sommersonne so kostbar wie ein ganzes Leben.

Als Shanti auf den Käfig zuschritt, spürte sie, wie sehr ihre Beine zitterten. Jeder Schritt fühlte sich an, als laufe sie zum ersten Mal, dabei waren es die letzten, die sie in ihrem Leben machte. In einem Leben, das viel zu kurz gewesen war, das nur zwei Jahrzehnte gedauert hatte, von denen sie den größten Teil auf den Straßen ihrer Heimatstadt Mesoth verbracht hatte. War es ein gutes Leben gewesen? Nach den Maßstäben der Se'Bás-Priester sicherlich nicht. Ihr Dasein hatte im Prinzip nur aus dem bestanden, was die Geistlichen verurteilten: Lügen, Betrügen, Einbruch und Diebstahl – eine unstete Existenz ohne Moral. Immerhin konnte sie sagen, dass sie niemandem das Leben genommen hatte, wobei sie nicht wusste, wie viele Unschuldige sie durch ihre Taten in Leid und Elend gestürzt hatte. Es war kein schlechtes Leben gewesen, zumindest nicht das, was ein Waisenkind in den Gassen der Metropole am Sokali daraus machen konnte. Sie trat erhobenen Hauptes über Elotias Pforte.

Und dennoch habe ich es weggeworfen, dachte sie, als sich die Käfigtür schloss.

Shanti sank auf die Knie und schluchzte. Sie wollte nicht sterben. Egal, wie und wo, sie wollte nur irgendwie weiterleben, ganz gleich, ob sie Dinge danach besser oder schlechter machte.

Als der Ausleger langsam hinüberschwenkte, weinte sie hemmungslos. Welche Götter straften sie? Welches Schicksal?

Wellen der Verzweiflung schüttelten ihren Körper, sie konnte ihr Wasser nicht mehr halten und warf sich zu Boden, irgendwen anflehend, sie zu verschonen.

Als der Käfig nach einer Weile leicht schaukelnd anhielt, versiegten ihre Tränen.

Shanti blickte durch die rostigen Gitterstäbe hinaus, sah den blauen Sommerhimmel.

Den Himmel über Mesoth.

Dann öffnete sich der Boden.

Ein Fall.

Der Aufprall auf dem Wasser.

Schwärze.

3. Das Angebot

Marmor fühlt sich so kalt an. Besonders, wenn man fast nackt und völlig durchnässt darauf liegt. Es wirkt nahezu, als ob er einem die Körperwärme aussaugt. Frieren reiche Leute an den Füßen, wenn sie darauf herumlaufen? Sind sie so schlecht gelaunt, weil sie kalte Füße haben und sich oft erkälten? Muss man deshalb sündhaft teure Teppiche darauflegen? Hier liegt kein beschissener Teppich, nicht mal ein stinkender Läufer. Ich fühle meine Beine nicht mehr. Warum weiße Kälte anstatt Elotias verschlingend heißer Finsternis?

Shanti schlug die Augen auf. Sie lag bäuchlings auf dem Boden. Reinweiße Marmorplatten erstreckten sich, so weit sie sehen konnte. Irgendwo endeten sie an gleichfarbigen Säulen. Sie hatte sich das Totenreich wahrlich anders vorgestellt. Es dauerte eine ganze Weile, bis sie realisierte, dass sie noch lebte.

Stöhnend versuchte sie sich zu regen, vermochte es allerdings lediglich, sich auf die Seite zu hieven. Während sie den Kopf mit dem Oberarm stützte, klärte sich ihre Wahrnehmung weiter auf. Sie lag in einem großen Raum, eher in einem Saal, der von säulenbestandenen Wänden eingefasst wurde. An den Seiten befanden sich Tische und Sitzgruppen, deren Formen auf die Kapitele der sie umgebenden Pfeiler abgestimmt waren. Ihre nachtschwarzen Bezüge bildeten jedoch einen deutlichen Kontrast zum weißen Gestein und schienen die Helligkeit um sie herum regelrecht aufzusaugen.

Shantis Augen blieben an den edlen Stoffen haften, bis ein Paar edler Stiefel in ihr Sichtfeld trat.

»Steh auf! Deine Gastgeberin schätzt es nicht, wenn man ihr die gebührende Ehre verweigert.«

Die Diebin benötigte einen Augenblick, bis sie begriff, dass jemand mit ihr sprach. Sie drehte den Kopf und blickte in ein vertrautes Gesicht. Der Magier aus dem Turm stand vor ihr und sah mit ausdrucksloser Miene auf sie herab. Sie starrte ihn an und versuchte zu ergründen, was in dem Moment vor sich ging. Sie begriff es nicht, fand keine Antwort.

Der Mann seufzte, beugte sich zu ihr herunter und fasste sie mit den Händen unter den Achseln. Mit mehr Kraft, als man dem Zauberwirker zugetraut hätte, zog er sie hoch und stellte sie auf die Füße.

Shanti wusste immer noch nicht, was sie ihm entgegnen sollte, sondern sah ihn weiterhin an, als sei er der erste Mensch, den sie jemals erblickte.

Gewissermaßen ist er das, da ich doch eigentlich tot bin. Oder war. Oder sein sollte.

»Jedes Mal das Gleiche«, stellte der Magier ungehalten fest, während er eine Hand löste, offenbar, um zu prüfen, ob sie von alleine stehen konnte. Dabei rutschte ihr zerfetztes Hemd an der Schulter herunter. Der Mann beachtete die entblößte Haut jedoch nicht. »Du bist nicht tot, hast du mich verstanden?«

Shanti runzelte die Stirn, nickte dann aber. »Nicht ... tot.« Ihre Stimme war nicht mehr als ein Krächzen. »Aber, wie ...«

Der Magier legte einen Zeigefinger auf ihren Mund. »Keine Fragen. Alles, was du wissen musst, ist, dass du lebst – für den Moment. Ob es dabei bleibt, hängt von deinem weiteren Betragen ab. Und natürlich vom Willen deiner Gastgeberin.«

Sie wollte eine weitere Frage stellen, als sich eine doppelflügelige Tür zur Rechten öffnete. Zwei Jünglinge, beide kahlgeschoren und in eine dunkelblaue Toga gehüllt, postierten sich an den Seiten. Zwischen ihnen trat eine Frau hindurch, die Shanti nur einmal als Kind aus großer Entfernung gesehen hatte. Sie war klein, viel kleiner, als sie ihr damals erschienen war, aber Shanti war zu dieser Zeit noch ein Mädchen gewesen, auf das alle Erwachsenen groß wirkten.

Die Verasti von Mesoth betrat den Raum. Obwohl sie körperlich nicht an Shanti heranreichte, fühlte die Diebin, wie sie ihr gegenüber zusammenschrumpfte. Sie erfüllte den Saal mit ihrer Präsenz und alleine durch die Art, wie sie zu einem der Sessel schritt, konnte Shanti ermessen, was den Unterschied zwischen einer Königin und Abschaum wie ihr ausmachte.

Der Magier schob sie grob in Richtung der Sitzmöbel. Ihre Gastgeberin nahm Platz, schlug die Beine übereinander und blickte Shanti aus smaragdfarbenen Augen an. Ein gewinnendes Lächeln umspielte ihre violett gefärbten Lippen, gleichfarbiger Talkumpuder die Augen und langes, schwarzes Haar rahmte ein altersloses Gesicht ein.

Ein überraschender Tritt in die Kniekehlen brachte Shanti aus dem Gleichgewicht. Sie stürzte zur Seite und blieb auf allen Vieren knien.

»Erweise der Verasti gefälligst deine Ehre, du Ratte«, zischte der Magier über ihr.

In Shantis Kopf hämmerte es, Sterne tanzten vor ihren Augen. Sie wusste nicht einmal, wo genau die Verasti saß, und senkte einfach nur den Kopf. Sie hoffte, das genügte dem Magier, denn um sich noch weiter zu verneigen, hätte sie sich allenfalls flach auf den Boden werfen können, wie es die Sklaven in Yamar taten. Obwohl sie nur mit Mühe ihre Schmerzen unterdrücken konnte, verharrte sie in der Position und wartete auf eine Reaktion.

Schmerzhafte Augenblicke verstrichen, bis diese kam.

»Es genügt.« Die Stimme der Verasti erschien jung und doch erfahren. Ebenso, wie ihr Äußeres den Raum vereinnahmte, schwang in den Worten mehr Dominanz mit, als Shanti jemals zuvor begegnet war. Vorsichtig streckte sie den Rücken durch, um sich aufzurichten und bedeckte hastig ihre Brüste. Sie kam sich wie der letzte Dreck vor, fast nackt, sie stank nach der salzigen Brühe aus dem Hafenbecken, nach Schweiß und Pisse.

Und vor mir sitzt eine Königin.

Shanti spürte, dass ihr Gesicht zu glühen begann, während es sie am restlichen Körper fröstelte. Was konnte die Verasti von ihr wollen? Weidete sie sich am Schicksal derer, die sie zum Tod verurteile? Empfand sie Vergnügen oder vielleicht Lust daran, sich an der Angst anderer zu laben?

Die Verasti richtete das Wort an sie. »Du musst verwirrt sein. Vor wenigen Augenblicken hat dein Verstand noch zu erfassen versucht, dass dein Leben zu Ende ist und im nächsten Moment findest du dich hier wieder.«

»Ich ... ich weiß nicht ...«, stammelte Shanti.

Ein Tritt in die Rippen brachte sie zum Schweigen. »Niemand hat dir erlaubt zu sprechen«, bellte der Magier.

»Man sollte die Anhänger Belkirens niemals unterschätzen, doch ich muss zugeben, dass du mich überrascht hast. Überrascht und beeindruckt«, sagte die Verasti. »Nicht nur, wie zielstrebig du seit Wochen dein Vorhaben in Angriff genommen hast, sondern auch über den Mut, eine Tat begehen zu wollen, die nur als tollkühn bezeichnet werden kann. Es muss dir doch von vorneherein klar gewesen sein, dass dein Leben in dem Augenblick verwirkt war, als du beschlossen hast, diese stupide Wette zu gewinnen.«

Shanti blickte den Magier unsicher an, der mit einem leichten Kopfnicken bedeutete, dass sie antworten durfte. »Ich ... war davon überzeugt, dass ich es schaffe.« Erneut wurde sie von einem Hustenkrampf geschüttelt, doch in ihr war nichts mehr, das den weißen Marmor hätte beflecken können.

»Dein Selbstbewusstsein imponiert mir. Manche würden es aber vielleicht Dummheit nennen, denn auch in der letzten Absteige sollte sich eines mittlerweile herumgesprochen haben: Bislang hat jeder meiner Feinde irgendwann bereut, gegen mich vorgegangen zu sein, sich einen Narren gescholten, es überhaupt versucht zu haben. Ich bin neugierig: Bereust auch du, was du vorhattest?«

Shanti überlegte kurz und antwortete mit brüchiger Stimme. »Nein. Was gibt es zu bereuen? Ich wusste, was mich erwartet, wenn es schiefgeht. Es nicht wenigstens versucht zu haben, das hätte ich bereut. Wer weiß, ohne den Verrat von Tassa wäre es mir vielleicht gelungen.«

Die Verasti lachte leise. »Dein kleiner Freund schien ebenfalls überzeugt davon gewesen sein, sonst wäre er kaum zu mir gekrochen gekommen, um mich zu warnen. Unsere Neugier wurde nicht enttäuscht, Shanti. *Du* hast uns nicht enttäuscht. Wie mir Garthis berichtet, bist du dir bei der Befragung mit Tassa einig gewesen, lediglich bei benebeltem Verstand eine unsinnige Wette geschlossen zu haben, die einen von euch das Leben kostet, anstatt im Auftrag meiner Feinde zu handeln. Das ist beruhigend, findest du nicht auch?«

»Sehr beruhigend«, murmelte Shanti und wusste nicht, ob sie tatsächlich erleichtert sein sollte.

»Dummerweise hat dein Freund keine derart robuste Gesundheit wie du, so dass er leider unpässlich ist. Nicht einmal die Käfige hat er noch gesehen.«

Der Knoten in Shantis Bauch verstärkte ihre Übelkeit, doch sie beherrschte sich mit aller Gewalt, sich irgendetwas anmerken zu lassen. Ihre Gedanken überschlugen sich. *Tassa ist tot! Sie haben ihn verdammt nochmal zu Tode gefoltert! Müsste mich das nicht freuen?* Sie empfand keine Genugtuung darüber. Sein dreckiges Spiel, seine Wetten mit immer höherem Risiko und sein schändlicher Verrat hatten letztlich sein Todesurteil bedeutet. *Arroganter, verräterischer, armer Tassa!*

»Das Ableben deines Freundes scheint dir nichts auszumachen. Das ist sehr nützlich«, sagte die Verasti. »Für Menschen mit deinen Fähigkeiten habe ich Verwendung, Shanti aus der Gosse. Ich freue mich, dass Garthis sich nicht in dir getauscht hat. Wir werden sehen, wie wir weiter mit dir verfahren.«

»Aber, was ...?«

Doch die Verasti beachtete sie nicht mehr und erhob sich. Ohne sie noch eines Blickes zu würdigen, verließ sie den Saal.

Garthis riss sie hoch, als sich auf der anderen Seite des Raums eine weitere Tür öffnete. Zwei Soldaten, angetan mit den dunkelroten Wappenröcken der Garde Mesoths, traten ein. Der Magier packte Shanti im Genick und schlug ihren Kopf auf einen Tisch, so dass dieser fast zusammenkrachte.

»Wenn es nach mir gegangen wäre, wärst du kleine Hure im Becken zerfetzt worden«, zischte er ihr ins Ohr. Mit einem Ruck warf er sie auf den Rücken, so dass Shanti schmerzhaft über den Marmorboden schlitterte.

»Schafft sie runter!«, wies Garthis die Männer an.

Als Shanti die Augen aufschlug, lag sie auf dem Bauch und blickte auf eine grob behauene Steinwand, an der sich so etwas wie eine Pritsche befand. Vergammelte Strohreste bedeckten den kalten Boden.

»Ich sag dir, wir sollten es gleich tun.«

»Nein, die ist zu dreckig. Die hat sich eingeschissen. Wer weiß, was wir uns da einfangen?«

»Ich will nicht länger warten. Vielleicht sind wir die ersten, die es ihr besorgen.«

»Na gut, dann aber schnell.«

Sie waren über ihr, hinter ihr, und es dauerte einen Augenblick, bis Shanti verstand, was ihr drohte. Sie spannte alle Muskeln an, um sich mit aller Kraft zu wehren. Doch gerade, als eine Hand ihr grob an den Hintern fasste, ertönte eine laute Stimme.

»Ihr verdammten Hunde! Nehmt eure Hände von dem Mädchen oder ich hack euch jeden Finger einzeln ab und schieb ihn euch in den Arsch!«

»Es ist nicht so, wie ...«, stammelte einer der Männer.

»Verpisst euch!«, wurde er rüde unterbrochen. »Und ich sag euch eins: Die Sache hat ein Nachspiel.«

Schritte entfernten sich, dann kniete jemand neben ihr nieder.

»Alles in Ordnung?«

Shanti hob den Kopf und blickte in das Gesicht einer Frau. Sie trug die schwarze Uniform der Palastwache, eine

Borte an der Schulter verriet den höheren Rang. Ihre Haare waren streng nach militärischer Art zurückgebunden, an den Schläfen trug sie eingeflochtene Zöpfe. Sie strich ihr über die Schulter und lächelte. »Du hast Glück gehabt, dass ich gerade vorbeikam. Du wärst nicht die erste, die diese Hunde mit Gewalt nehmen.«

»Wo bin ich?«

»In den verborgenen Tiefen der Zitadelle. Aber nicht da, wo unermessliche Reichtümer auf die Mutigen warten, die es wagen, bis hier vorzudringen, sondern dort, wo die Verasti ihre ganz besonderen Gäste unterbringt. Allerdings nur diejenigen, denen sie gestattet weiterzuleben – wobei die Strafe im Weiterleben besteht. Die Todgeweihten wandern gleich in die Käfige.«

»Dort bin ich schon gewesen.«

»Das weiß ich, und umso erstaunlicher ist es, dass du jetzt hier unten residieren darfst.«

Shanti wollte etwas entgegnen, begann aber zu husten.

»Hier, trink was.« Die Frau reichte ihr einen Becher mit Wasser. Es war kühl und frisch, als sei es kurz zuvor aus einer Quelle gezapft worden.

»Warum tust du das?«, fragte Shanti, als sie das hölzerne Gefäß geleert hatte.

Die Frau runzelte die Stirn. »Dir etwas zu trinken geben? Weil ich hier unten die Verantwortung trage und nicht zulassen werde, dass es den Gefangenen noch schlechter geht als ohnehin schon. Wer hier landet, muss mir nicht erzählen, was er mitgemacht hat. Abgesehen davon, bin ich die erste, die dafür geradezustehen hat, wenn hier jemand verreckt. Ehrlich gesagt, habe ich keine Lust darauf.« Sie erhob sich und blickte auf den Gang hinaus. »Aber mach dir keine falschen Hoffnungen. Du bekommst Wasser und gerade so viel zu essen, dass du bei Kräften bleibst. Das war es dann.«

Der Blick der Offizierin war nicht so hart wie ihre Worte, weshalb Shanti sich ein Lächeln abzuringen versuchte. »Trotzdem danke.«

»Dank der Verasti, dass du leben darfst«, gab die Frau zurück und verließ die Zelle.

Kurz darauf hörte Shanti, dass die Wachsoldaten ihr Fett wegbekamen. *Wenigstens einmal jemand mit etwas Anstand.* Eigentlich hatte Shanti in den Reihen der Verasti nicht damit gerechnet, dass es noch Menschen gab, die an Tugenden festhielten. Vielleicht tat die Offizierin es aber tatsächlich nur aus Eigennutz, wie sie behauptete. Freiwillig schob sie sicher hier unten keinen Dienst, und diesen möglichst gut zu versehen, brachte sie vielleicht schneller zu einem besseren Posten.

Shanti seufzte und setzte sich auf. Sie lehnte sich an die Wand und biss die Zähne zusammen. Alles tat ihr weh, vor allem brummte ihr Schädel immer noch.

Immerhin, sie war am Leben, eine Tatsache, mit der sie erst wieder klarkommen musste, nachdem sie schon damit abgeschlossen hatte. Sie wollte lieber keine Vermutungen darüber anstellen, warum es sich so verhielt. *Was auch immer der Grund dafür ist – die Verasti wird mir sicher keinen Posten in ihrem Beraterstab anbieten.*

Sie hoffte dennoch, dass sie nicht allzu lange in diesem stinkenden Loch verbringen musste. Anstatt ihr Lebtag in den Tiefen zu verrotten, war es wahrscheinlich wirklich besser, tot zu sein. Shanti blieb nichts anderes übrig als abzuwarten.

Irgendwann lösten sich ihre Gedankenwirbel auf und sie schlief ein.

Männerstimmen weckten sie.

Shanti schreckte hoch, doch diesmal war sie allein in der Zelle. Kein Wachmann fingerte an ihr herum, und auch auf dem Gang befand sich niemand. Blökende Stimmen hallten durch den Raum. Sie schüttelte den Schreck ab und horchte, woher sie kamen.

In der Zelle nebenan unterhielt sich jemand. Eigentlich war fast die ganze Zeit über lediglich eine Person zu hören. Sie brauchte eine Weile, um die Worte, die in einem ihr unbekannten Dialekt geäußert wurden und eher einer Schimpftirade glichen, zu verstehen.

»... gleich gesagt, dass wir's vergess'n könn'! De Schess hatt' von Anfang an gestunk'n.«

»Aber ...«, versuchte ein anderer einzuhaken.

»Bah!«, unterbrach der Erste ihn lautstark. »Nix mehr will ich hör'n! 'n verschissener Movant, der auf de Hatairen hört, da kann ich de Kleene auch direkt abwrack'n lass'n! Hab immer gesagt: Macco, du kannst alles mitnehm'n, an de Rab'n vorbei, egal ob yamarisches Opium, Kasangit'n oder Sklav'n. Egal, ob von Thalass Horn oder von mir aus Yaturda weg, meinetwegen nette Nutten für den Sonnenpriester in Vangardia. Aber nie, nie, nie versuch de verschiss'ne Verasti zu bestehl'n! Immer hab ich's gesagt, Macco! Immer!« Es ertönte ein Geräusch, als würde jemand eine Ohrfeige bekommen.

»Au! Verd...« Ein weiteres Klatschen war zu hören.

»Hätt' dich damals in dem Dreckloch lass'n soll'n, wo ich dich gefund'n hab, Kerle! Zum Scheiß'n zu blöd, desweg'n hab'n sie dich aus dem Saustall geh'n lass'n. Un' jetz'? Jetz' bin ich am Arsch wie noch nie! Bei Marut Ardurs vergammeltem Schwanz, Macco – de Scheiße könnt' ich dir aus'm Leib prügeln!«

Der Mann steigerte sich immer weiter hinein, aber Shanti konnte nicht mehr verstehen, was er sagte. Zwischendurch drang das Wimmern des Zweiten an ihre Ohren, aber irgendwann verlor sie das Interesse. Wer wusste schon, welchen Abschaum die Verasti hier einsperrte? Wahrscheinlich waren die Leute in den Käfigen alle verrückt geworden.

»Ich bin ja auch nicht besser«, murmelte sie. »Eine stinkende Ratte in einem dreckigen Kellerloch.«

Doch sie hatte keine Zeit, sich länger zu bemitleiden, denn zwei Wachen kamen in den Gang. Sie beachteten Shanti nicht, sondern liefen an ihrem Kerker vorbei und öffneten die Tür nebenan. Kurz darauf erschien auch die Offizierin und warf ihr im Vorbeigehen einen Blick zu.

Gleich darauf schoben die Soldaten einen großen dunkelhäutigen Mann am Gitter vorbei, der sie beide um einen Kopf überragte. Seine merkwürdig zusammengeflochtenen Haare standen in alle Richtungen vom Kopf ab, und seine Kleidung hing ebenso in Fetzen am Leib wie Shantis. Mit einem schiefen Grinsen bedachte er die Offizierin, die keine Miene verzog.

»Ah, de Oberste. Ich sach's ma so: 's is' alles 'n blödes Missverständnis, is' dumm gelauf'n, der Schess. Niemand steht so treu zur Verasti wie der aale Caessels, das wisster doch, oder? In allen Ländern sprech' ich von ihrer Weisheit, ihrer Schönheit, ihren Br...«

»Halt einfach dein dummes Maul und komm mit«, unterbrach ihn die Offizierin.

Der Riese ließ ein seltsam meckerndes Lachen hören und hob beschwichtigend die Hände. »Nur, damit's nochma' klar is'. Ich bin ja immer um Klarheit bemüht, wisster ja.«

»Das kannst du Garthis erklären, Caessels.«

Das Lachen erstarb sehr plötzlich, als er den Namen hörte. »Garthis? Der verschiss'ne Magier?«

»Der verschissene Magier!«, erwiderte die Frau und lächelte ihn diabolisch an.

»Aber ich dachte, de Verasti ...«

»Denken ist eben nicht deine Stärke, Movant! Du glaubst doch nicht ernsthaft, dass sich die Verasti mit deinem schäbigen Schmugglerarsch befasst? Los jetzt! Wir haben schon genug Zeit mit deinem sinnlosen Geschwafel verloren.«

Ein Soldat schob Caessels mit dem Schaft seiner Hellebarde voran und sie verschwanden aus Shantis Blickfeld.

»Die sind alle völlig wahnsinnig hier«, murmelte die Diebin in sich hinein.

Immerhin herrschte danach Ruhe.

Ein paar Stunden später war Shanti an der Reihe. Zwei Wachleute, die sie zuvor noch nicht zu Gesicht bekommen hatte, holten sie aus ihrer Zelle, ohne ein Wort zu verlieren. Die Wachhabende hingegen war nirgends zu entdecken. Der Weg zurück in die Zitadelle brachte die ausgelaugte Diebin an die Grenzen ihrer Kräfte. Zuerst stiegen sie eine endlos erscheinende Wendeltreppe hinauf, in der die Luft so modrig wie unten in den Zellen war, dann folgte ein Korridor, der offenbar der Versorgung der riesigen Festung diente, hinauf in Bereiche, in der es von Menschen nur so wimmelte.

Gardesoldaten, Lakaien und anderes Dienstvolk sorgten dafür, dass es der Verasti und ihrem Hofstaat an nichts mangelte. Shanti erblickte aus der Ferne Männer in weiten prunkvollen Gewändern, vielleicht eine Delegation aus Yamar, daneben begegneten ihr die gefürchteten Zensoren in ihrer Livree aus Purpur, die peinlich genau darauf achteten, dass vom kleinsten Krämer bis hin zu den Oligarchen jeder Seral an Abgaben auch tatsächlich in die Zitadelle wanderte.

Irgendwann wurde Shanti von den Wachen nur noch mitgeschleift, ihre Beine verweigerten den Dienst. Sie hatte keine Ahnung, wann sie das letzte Mal etwas gegessen hatte, denn der Ankündigung der Offizierin, sie gut versorgen zu wollen, waren keine Taten gefolgt.

Einige Gänge und Marmortreppen später fanden sie sich vor einer doppelflügeligen Tür wieder. Sie ähnelte derjenigen im Saal, in welchem sie nach ihrer »Rettung« aus dem Käfig aufgewacht war. Zwei grimmig dreinblickende Gardesoldaten standen davor. Sie erinnerten Shanti mit ihren versteinerten Gesichtern an die Statuen des Sarostempels am Söldnermarkt, an dem sie sich früher gerne herumgetrieben hatte.

Ohne einen Hinweis darauf, dass sich einer von ihnen bewegte, öffneten sich die Türflügel und gaben den Weg in einen Raum frei. Er war opulent mit dunklen Teppichen belegt und wirkte wärmer als der Gang zuvor. Die Soldaten schleppten Shanti in die Mitte des Raums, versicherten sich, dass sie auf eigenen Füßen stehen konnte, und verließen sie dann. Die Türen schlossen sich, und Shanti stand eine Weile unschlüssig herum. Ihr gegenüber erstreckte sich ein Flur, von dem ein halbes Dutzend weitere Türen abgingen. An seinem Ende ließ ein großflächiges Fenster strahlendes Sonnenlicht herein.

Nachdem eine ganze Weile nichts geschah, beschloss Shanti, zum Fenster zu gehen. Das Laufen fiel ihr schwer, und sie hielt sich an der Wand fest, um sich abzustützen. Unterhalb des Fensters befand sich eine gepolsterte Bank, auf der sich die Diebin dankbar niederließ, um die Füße zu entlasten. Sie begann, die Knöchel zu massieren und ließ den Blick nach draußen wandern. In der Ferne sah sie das Meer, dessen dunkelblaue Tiefen sich am Horizont mit dem helleren Himmel vereinten. Sie reckte den Kopf und konnte die Hafenbefestigungen mit den Geschütztürmen ausmachen. Dort befanden sich abgetrennte Becken für Handelssegler aus ganz Camotea, die mesothische Flotte sowie die kleineren Boote und Schiffe der Fischer. Irgendwo da unten baumelten auch die Käfige. Beim Gedanken daran erschauerte Shanti, und sie ließ die Augen schnell über die markanten Dächer der Lagerhäuser zu den Handelstürmen der Oligarchen wandern, um sich abzulenken.

»Beeindruckend, nicht wahr?«

Shanti erschrak. Sie hatte überhaupt nicht bemerkt, dass jemand neben sie getreten war.

»Ich sitze oft hier oben und betrachte das Kommen und Gehen der Karvennen, die Eile der Arcanaeros, die in den Süden aufbrechen, oder das Gewimmel in den Straßen.« Der Blick der Verasti schweifte über ihre Stadt. Gedankenverloren strich sie eine schwarze Haarsträhne hinter das Ohr. Sie trug ein langes weißes Spitzenkleid, das fast wie ein Schlafgewand wirkte und dessen Korsage nur das Allernötigste bedeckte, wie es seit einiger Zeit in Mesoth Mode war, zumindest bei denen, die nichts auf Moralapostel und ihre Predigten von Unzucht gaben. Eine geschwärzte Goldkette, durchsetzt von Octosaphi-

45

ren, zierte den Hals. »Sag mir, was reizt dich am meisten an der Stadt?«

Shanti benötigte einen Augenblick, um zu antworten. »Ich weiß nicht genau, Satrapa. Natürlich gibt es viele beeindruckende Gebäude hier, zuerst natürlich Eure Residenz, daneben der Se'Bás-Tempel, die Feuertürme oder die Kuppel des Hexagons.«

»Beeindruckend, ja. Ich nehme die Schmeichelei zur Kenntnis. Dennoch höre ich aus deinen Worten, dass dies nicht das ist, was für dich den Reiz von Mesoth ausmacht.«

»Ihr habt recht, für Architektur interessiere ich mich höchstens aus anderen Gesichtspunkten.«

»Wie du mit dem Erklimmen des Sternenturms bewiesen hast.« Die Verasti schmunzelte. »Wahrscheinlich kennst du meine Stadt besser als ich.«

Es lag kein Hohn darin, so dass auch Shanti lächelte. Sie sammelte ihre Gedanken, um ihnen die rechten Worte zu verleihen und im Angesicht der Verasti nicht wie ein armseliges Straßenmädchen zu wirken, obwohl sie sich gerade so fühlte.

»Mesoth ist mehr als eine Ansammlung alter Häuser, mehr als die Handelstürme, die gewaltigsten Mauern oder eine schillernde Kuppel zum Gefallen der Götter. Ich glaube, es sind die Bewohner, die sich im Angesicht ihrer Geschichte immer wieder neu finden, ihre Bande schließen, egal ob Leid oder Tod sie heimsuchen, ob Feinde vor den Mauern stehen, eine Seuche wütet oder Flüchtlinge die Gesichter verändern, denen man auf der Straße begegnet. Mesoth ist immer dann neu entstanden, wenn sich andere zerfleischt haben oder zerfallen sind, geblendet vom eigenen Ruhm.«

Die Verasti sah sie an. Erstaunen lag auf ihrem Gesicht. »Erstaunlich. Selten habe ich treffendere Worte gehört. Mir war bewusst, dass mehr an dir ist. Dennoch wundere ich mich, woher ein Straßenmädchen solche Weitsicht besitzt.«

»Ich hatte gute Lehrer. Weisheit lässt sich nicht nur an der Universität in Amhas finden oder in den Bibliotheken der Tempel. Manchmal befinden sich ihre Träger im Verborgenen. Hätte ich nicht in diesen dunklen Ecken davon Nutzen ziehen können, wäre mein Weg anders verlaufen.«

»Was glaubst du, wie er dann verlaufen wäre?«

»Wahrscheinlich würde ich irgendwo in einem Freudenhaus die Beine breit machen. Vermutlich wäre ich aber schon längst tot, weil ich den falschen Leuten zur falschen Zeit versucht hätte, die Taschen oder die Häuser auszuräumen.« Shanti seufzte. »Letztlich habe ich diesen Fehler bei aller Weisheit der Straße ja dennoch begangen, sonst wäre ich kaum hier.«

Die Verasti lachte. »Wie wir zuvor bereits festgestellt haben, kann ich dir nicht widersprechen. Immerhin hat dein Wissen dazu geführt, dass die beiden genannten Möglichkeiten für dich derzeit nicht in Betracht kommen.«

Shanti wurde mulmig. »Darf ich Euch eine Frage stellen?«

Dass keine Reaktion kam, deutete Shanti als Zustimmung.

»Warum bin ich hier? Ich meine, warum habt ihr mich nicht hingerichtet wie die anderen?«

»Weil du mich erstaunst, Shanti. So etwas geschieht nicht oft. Ich glaube, du kannst weit mehr sein als eine Diebin – wenngleich eine herausragende – oder eine Hure oder eine Leiche im Hafenbecken. Nicht viele, die in den Käfigen enden, verfügen über solche Gaben, und auch unter denen, die in Mesoth ihr gewöhnliches Leben leben, ist die Anzahl verschwindend gering. Dein Freund Tassa hat uns einiges über dich verraten. Du verfügst nicht nur über eine gute Beobachtungsgabe und einen scharfen Verstand, sondern bist wandelbar und weißt dich deiner Umgebung anzupassen, gleich ob du dich unter Straßendirnen befindest oder in besserer Gesellschaft. So etwas kann ich nicht ungenutzt lassen. Es wäre viel nützlicher, wenn mir diese Fähigkeiten zur Verfügung stehen und nicht meinen Feinden.«

Shanti war verwirrt ob des Lobes. »Meint Ihr damit, dass ich für Euch arbeiten soll?«

»Diese Frage betrachte ich als rhetorisch, denn es war recht offensichtlich formuliert, meinst du nicht? Ja, ich will, dass du deine besonderen Fähigkeiten in meinen Dienst stellst. Ich biete dir die Möglichkeit, dein altes Leben hinter dir zu lassen. Jemand wie du kann es unter meiner Obhut weit bringen. Das bedeutet allerdings, dass du alle Bande zur Vergangenheit löst. Was du an Loyalität oder Freundschaft gegenüber deinen Bekannten in den dunklen Löchern der Stadt empfindest, gehört ab sofort mir.«

Gab es überhaupt noch Bande, die sie lösen musste? Erinnerungen an das Elend und die Brutalität in den Gassen tauchten vor Shantis innerem Auge auf. Demütigungen, Gewalt und Missbrauch hatte sie erdulden müssen, bevor ihr Ruf als fähige Einbrecherin ihr einen gewissen Schutz gab. Schlussendlich erschien das Bild des feixenden Tassa in ihrem Bewusstsein, begleitet vom Gefühl von Hohn und Verrat. »Mich bindet nichts mehr an diese Menschen.«

»Versichere dich dessen genau, denn es kann sein, dass du ihnen in Zukunft gegenüberstehst. Treue wird belohnt werden, Gehorsam honoriert, Ungehorsam als Verrat betrachtet.«

Shanti wusste, dass ihre Entscheidung unumkehrbar war. »Habe ich die Freiheit, zu wählen?«

Die Augen der Verasti strahlten eine Kälte aus, die Shanti frösteln ließ. »Natürlich. Allerdings gibt es dazu nur eine Alternative. Sie ist dir bekannt.«

Shanti musste nicht lange überlegen. »Ich nehme an.«

Die Verasti lächelte. Ihr Gesicht nahm wieder den schwesterlichen Ausdruck an, der das bisherige Gespräch begleitet hatte. »Daran habe ich keinen Zweifel gehegt.«

Sie strich Shanti durch die von Dreck verklebten Locken. »Du bekommst ein angemessenes Gästequartier, es liegt gleich nebenan. Man wird deine Wunden verbinden und dich waschen. Dort liegen auch frische Sachen bereit und du kannst dich ausruhen. Später sprechen wir über deine künftigen Aufgaben.«

Sie deutete auf die Tür auf der anderen Seite des Flurs.

Shanti nickte und erhob sich.

»Und Shanti?«

»Ja, Satrapa?«

»Enttäusche mich nicht.«

4. Wahrheiten

Die Dämmerung brach über Mesoth herein, als Shanti vorsichtig einen Fuß in das heiße Wasser setzte. Ihre Zehen verschwanden im Schaum, und sie zuckte zurück. Die Dienerin hatte sie gewarnt, aber Shanti wollte sich selbst davon überzeugen, ob es tatsächlich zu heiß war. Sie überwand den ersten Schmerz und tauchte dann den Fuß langsam in die Kupferwanne. Auf dem Boden glommen rote und blaue Phoslyten, deren Licht den Schaum durchdrang. Als sie sich schließlich vorsichtig in die Wanne hinabließ, dauerte es nicht lange, bis die Hitze wohlig ihre Glieder durchströmte.

Shanti schloss die Augen und atmete den Dampf ein. Die ätherischen Öle, die dem Wasser beigemischt waren, befreiten Nase und Rachen. Die Entspannung des Körpers erfasste auch ihren Geist und sie tat lange Zeit nichts, als das Bad zu genießen und ruhig und gleichmäßig zu atmen. Die Schmerzen in Armen und Beinen verschwanden nach und nach und auch das dumpfe Pochen in ihrem Kopf wurde von einem diffusen Wabern abgelöst, von dem sie allerdings nicht sagen konnte, ob es nicht eher von ihrer beeinträchtigten Wahrnehmung durch die Dämpfe herrührte.

Irgendwann schreckte sie auf. Sie musste eingenickt sein, denn in dem Raum war es zwischenzeitlich deutlich dunkler geworden. Außer den Phoslyten in der Wanne erhellte lediglich eine Handvoll Kerzen auf einer Kommode den Raum, deren Flammen Shanti bislang nicht einmal wahrgenommen hatte. Das Wasser war jedoch immer noch wohltuend warm, so dass die junge Frau nicht die geringste Lust verspürte, die Wanne zu verlassen. Schließlich war es das erste Mal in ihrem Leben, dass sie ein derartiges Bad nahm. Allenfalls ein Sitzbad in einem undichten Holzzuber war Shanti bislang gegönnt gewesen. Sie grinste und tauchte mit dem Kopf unter, um sich die Haare auszuwaschen. Erst, als sie die

Luft nicht mehr anhalten konnte, tauchte sie auf, atmete heftig aus und wischte sich den Schaum aus dem Gesicht.

Am Fußende der Wanne stand eine Frau.

Shanti erschrak und verspritzte eine große Wasserlache auf den Boden.

»Sei unbesorgt«, sagte die Unbekannte. »Ich tue dir nichts. Voraussichtlich.«

Shanti kniff die Augen zusammen, um ihr Gesicht zu erkennen. Es war die Wachhabende aus den Kerkerzellen, allerdings hatte sie ihre einfache Uniform gegen die dunkelrote einer Gardeoffizierin getauscht. »Was hast du hier zu suchen? Was willst von mir?«

»Sieh mal an. Sie redet schon, als sei sie die Herrin dieser Behausung«, spottete ihr Gegenüber. »Ich bin hier, um dich zu retten.«

»Zu retten? Wovor?«

»Das kannst du dir sicher denken. Du würdest nicht in einem Schaumbad schwelgen, wenn du nicht auf das Angebot von Delana eingegangen wärst. Von einer vollgepissten Gefangenen zur Edeldame – ein rasanter Aufstieg innerhalb weniger Stunden. Du kannst dein Glück sicher kaum fassen. Aber diese edlen Gemächer sollten dich nicht darüber hinwegtäuschen, dass du nichts weiter als eine Sklavin bist, ein winziges Rädchen im Herrschaftsmechanismus der Verasti.«

»Vielen Dank für den wertvollen Hinweis, und das von einer Soldatin, einer Befehlsempfängerin wie dir«, gab Shanti mit sarkastischem Unterton zurück. »Dass die Verasti mich nicht aus Nächstenliebe hier beherbergt, ist mir klar. Sie hat es sogar offen zugegeben: Sie war beeindruckt, wie ich in die Zitadelle eingedrungen bin und möchte, dass ich meine Fähigkeiten künftig für ihre Belange einsetze. Ich bin für sie nur ein Werkzeug, das weiß ich. Es fragt sich allerdings, warum mich eine Capitana der Garde vor ihrer Herrin warnen will. Sollte ich nicht um Hilfe schreien?«

»Dazu würde ich dir nicht raten. Es wäre dein sicherer Tod, und ich bin, wie gesagt, nicht hier, um dich umzubringen.«

»Dann klär mich bitte auf, denn ich schätze es nicht, hierbei ohne einen triftigen Grund gestört zu werden. Es ist nicht so, dass ich oft in den Genuss käme zu baden, also würde ich es gerne auskosten.«

Die Frau lachte. »Du hast dein Selbstbewusstsein ja schnell zurückerlangt. Die Verasti hat dein gebrochenes Selbst gestreichelt, dir geschmeichelt und sich schwesterlich an dich geschmiegt, habe ich recht?«

»Was geht dich das an?«

»Darin ist sie gut. Was glaubst du, auf welche Art ich damals in ihre Dienste getreten bin? Ein paar nette Worte, das Versprechen vom Aufstieg innerhalb der Ränge, ein schönes Quartier und immer genug zu essen? Wer könnte da ablehnen?« Die Frau machte eine Pause, fuhr aber leiser fort, als Shanti gerade zum Protest ansetzen wollte. »Hast du denn schon vergessen, was du im Astrolabium entdeckt hast?«

Ein schwarzer Schatten senkte sich über Shantis Bewusstsein. Finsternis in Form einer Sonne. Sie riss die Augen auf und fröstelte sofort am ganzen Leib, während die Erinnerung an den Hauch des Wahnsinns langsam abklang, dem sie in der Turmkammer ausgesetzt gewesen war.

»Wo... woher weißt du ...?«, stammelte sie.

Die Frau schwieg.

Die behagliche Wärme schien aus dem Wasser gewichen zu sein. Sie stand auf und schlang eines der bereitgelegten Handtücher um sich. Es war ihr mit einem Mal unangenehm geworden, und die Steine am Wannenboden leuchteten unheilvoll. »Dieses ... Ding dort oben im Turm. Was ist das?«

»Was es genau ist, weiß ich nicht, aber es ist die Inkarnation all dessen, was falsch ist. Es widerspricht allem, was wir als uriatische Schöpfung verstehen, allem, was in seinem Licht wandelt. Das ist es, dem die Verasti sich verschrieben hat. Sie mag durch und durch ein Mensch von Macht sein, eine der fähigsten Magiewirkerinnen nördlich von Yamar, eine kluge und raffinierte Politikerin, die Mesoth dem gesamten Senat ebenbürtig gegenübergestellt hat. Dafür genießt sie von vielen Bewunderung, vielleicht sogar zurecht. Doch hinter all dem stehen Ziele, von denen kaum jemand etwas ahnt, ihr Streben gilt alleine der Wegbereitung viel höherer Mächte als politischem Einfluss oder einer mesothischen Handelshegemonie.«

»Wem dient sie wirklich? Ist sie eine yamarische Marionette?«

»Sie dient dem Sohn der Morgenröte.«

»Dem Sohn der Morgenröte?«

»Eine andere Bezeichnung für Vandra, den verdorbenen Sohn der Elotia, dessen Namen nur die verzweifeltsten oder machtbesessensten Seelen anzurufen wagen.«

»Vandra? Diesen Namen habe ich zuletzt als Kind gehört, wenn uns alte Leute Angst vor der Dunkelheit machen wollten. Heute weiß ich, dass in den Schatten der Dämmerung und der Nacht andere Götter als Se'Bás die Hand über uns halten. Nicht umsonst habe ich mein Leben ein ums andere Mal den Fügungen Belkirens anvertraut.«

Die Capitana beugte sich näher zu ihr. »An jeder Schauergeschichte ist etwas Wahres dran. Die Kreaturen Vandras scheuen das Licht des Urias und trachten danach, sich vor ihm zu verbergen. Davor will ich dich retten, genauso wie ich deinen Hintern vor den Kerkerwachen bewahrt habe.«

Urias. Die valdorische Bezeichnung für den in Amhas als Gott allen Handels und Wandels angesehene Se'Bás irritierte Shanti. »Du bist keine einfache Offizierin«, stellte sie fest. »Woher weißt du von diesen Dingen?«

»Auch diesseits der Pforte gibt es Streiter, die sich dem Wahnsinn entgegenstellen, der dahinter lauert. Menschen wie die Verasti sind gefährlich, viel gefährlicher, als du dir vorstellen kannst. Durch dein Erlebnis im Sternenturm hast du einen Eindruck davon bekommen. Aus diesem Grund bleibt von uns nichts unbeobachtet, was Delana treibt.« Die Frau sah sie ernst an. »Du verstehst natürlich, dass ich dich mit deinem Wissen nicht hier zurücklassen kann?« Ein Stilett blitzte unter ihrem Gewand auf, keinen Wimpernschlag später befanden sich gleich zwei der schlanken Klingen in ihren Händen.

Shanti war entsetzt. Sie drehte sich nach allen Seiten, um einen Ausweg zu finden.

Die Capitana musste die Panik in ihrem Blick erkennen, denn ihre Miene wurde etwas sanfter. »Ich weiß, wie sehr dich das alles überrumpeln muss, kaum dass du den Käfigen entkommen bist. Aber glaub mir, ich habe keine andere Möglichkeit. Ich muss dich jetzt und hier vor diese Entscheidung stellen. So viele Dinge befinden sich im Fluss, sind nicht mehr aufzuhalten ... Wir können einfach nicht zulassen, dass die Verasti dich zu ihrem Werkzeug macht.«

»Fast das Gleiche hat sie heute Nachmittag ebenfalls gesagt. Sie könne nicht gestatten, dass ich ihren Feinden in die Hand falle. Hat sie damit euch gemeint?«

»Die Verasti hat so viele Feinde, ich glaube nicht, dass wir die Ehre besitzen, ihr zuerst in den Sinn zu kommen. Aber das ändert sich bald.« Die Frau schmunzelte, sah Shanti dann wieder ernst, fast schon besorgt an. »Ich hoffe nicht, dass ich diese Klingen gegen dich richten muss, Shanti. Ich kann dir kein gutes Leben versprechen, erst recht kein einfaches. Aber ich kann dir versichern, dass du im Kampf gegen die Anhänger der Schwarzen Sonne Verbündete finden wirst. Brüder und Schwestern, die an deiner Seite bis in den Tod gehen. Alle eint der Schrecken, den sie gesehen haben, die Erkenntnis, dass nur der kompromisslose Kampf die Mächte jenseits der Pforte zurückwerfen und daran hindern kann, in unsere Welt zu treten.«

»Großartig. Hilf uns oder stirb. Was soll ich dir unter diesem Zwang schon anderes antworten, als Ja?«, gab Shanti zurück.

»Denk an das, was dir im Turm widerfahren ist, und du weißt, dass es die richtige Entscheidung ist, wenngleich ich dir keine andere Möglichkeit lasse.«

Shanti verzog das Gesicht. »Mir bleibt wohl keine Wahl. Im Moment zumindest.«

Schneller, als sie reagieren konnte, war die Frau an sie herangesprungen. Eine Stilettklinge saß an Shantis Kehle und ritzte ihr die Haut auf. »Denk nicht, dass ich dir dieses Angebot mache, weil ich dich ... brauche«, flüsterte sie in ihr Ohr. Alle Freundlichkeit war aus der Stimme gewichen. »Ich tue es, weil du mich neugierig gemacht hast, weil wir jemanden wie dich nicht an die Verasti verlieren sollten. Ich glaube, ich werde dich mögen, Shanti, aber genauso gut kann ich dir den Hals durchschneiden, wenn dir das lieber ist.«

Shanti erschauderte. Sie spürte, wie ein dünner Blutfaden ihren Hals hinunterlief.

»Also, was soll es sein, Shanti aus Mesoth?«

»Ich ... ich schließe mich euch an. Was immer das bedeutet.«

»Die Bedeutung dessen wird dir heute Nacht bewusst werden, glaub mir das.« Die Frau entließ sie vorsichtig aus ihrem Griff und hauchte ihr einen Kuss auf die Wange. Dann ließ sie Shanti frei und lächelte. »Mein Name ist Pyâdah und ich bin ab sofort diejenige, auf die du hören wirst. Du schuldest der Verasti keinen Gehorsam mehr. Wenn es an der Zeit ist, werde ich alle Fragen beantworten, die du hast. Aber jetzt haben wir keine Zeit für weitere Erklärungen. Mach dich bereit, zieh dir was an.«

Shanti griff nach der Kleidung, die ihr von den Dienern bereitgelegt worden war.

»Mit einem Seidenkleid kommst du nicht weit. Nimm das dort.« Pyâdah wies auf ein Bündel, das auf einem Stuhl lag. Darin befand sich leichte, aber feste Kleidung, dessen dunkle Färbung das Licht der Kerzen aufzusaugen schien. Sogar Stiefel waren darin eingewickelt, und auch einige ihrer Ausrüstungsgegenstände wie die Silanklinge und ihre Dietriche befanden sich darin. Shanti fischte zusätzlich aus den Klamotten der Verasti Unterkleidung heraus, wenngleich sie sich mit dem spitzenbesetzten Seidenstoff wie eine Edelkurtisane fühlte.

Pyâdah achtete nicht darauf. Sie trat zum Fenster und blickte angespannt hinaus.

»Wartest du auf etwas?«, fragte Shanti, während sie die Hose anzog. Sie griff gerade zu einer Weste aus Leder, als eine gewaltige Detonation den Raum erschütterte. Sie erschrak so heftig, dass sie das Gleichgewicht verlor und beinahe vornüber fiel. Ihr Herz hämmerte wie wild, als sie sich aufrichtete.

Pyâdah stand dort mit grimmiger Miene und starrte hinaus. »Das war dann wohl das Hafenarsenal.«

Der Nachthimmel draußen war von einem Flackern erleuchtet. Shanti trat zu Pyâdah und blickte auf die Stadt hinunter. Ein riesiger Feuerball löste sich gerade vor dem Horizont auf und machte einer Rauchwolke Platz, die die Lichter des Hafens verdeckte.

»Bei allen Göttern!«, rief Shanti aus. »Was ist dort geschehen?«

»Warte!« Pyâdah hob die Hand.

Eine weitere Explosion erfolgte, jedoch nicht halb so heftig wie jene zuvor. Ein mehrstöckiges Gebäude im Verwaltungsdistrikt fiel im Licht einer Flammensäule in sich zusammen.

»Eins«, sagte Pyâdah.

Erneut donnerte ein ähnliches Geräusch zu ihnen herauf.

»Zwei.« Pyâdah lächelte und drehte den Kopf zu Shanti. »Drei. Vier. Fünf«, zählte sie mit, ohne hinzusehen.

Shantis Blicke fuhren panisch über das Inferno, das in der Stadt tobte. Weit entfernt im Hafen brannte mittlerweile ein gewaltiges Feuer. Wenn Shanti es richtig sah, klaffte sogar eine Lücke in der Mauer der Hafenbefestigung. Weitere Brände loderten bei den Lagerhäusern, nahe des Marktviertels und innerhalb der Residenzen.

»Was ist dort geschehen?«

Pyâdahs Augen glitzerten im Schein der Flammen. Tödliche Entschlossenheit lag auf ihren Zügen. »Die Verasti befindet sich ab sofort im Krieg. Aber sie weiß noch nicht gegen wen.«

»Was ...?«

»Still!« Über ihnen war Geschrei zu hören. Auch aus dem Hof schallten Rufe zu ihnen herauf. Offenbar befand sich die gesamte Zitadelle in Aufruhr.

»Komm jetzt!«, zischte Pyâdah. »Wir haben keine Zeit zu verlieren.« Sie trat an die Tür und winkte Shanti hinter sich her, die unbeholfen in die Stiefel schlüpfte. Zu ihrer Überraschung passten sie, als seien sie eigens für sie angefertigt worden.

Pyâdah verbarg das Stilett an ihrem Unterarm und öffnete die Tür.

Der Wachmann, der dort postiert war, stand am Fenster, an dem Shanti am Nachmittag mit der Verasti geplaudert hatte. Der Unglaube in seinem Gesicht erschien Shanti wie das Spiegelbild ihrer eigenen Verwirrung. Fast schon ängstlich blickte er die Frauen an. Erst, als er die vermeintliche Offizierin erkannte, beruhigte er sich ein wenig.

»Capitana, ich wusste nicht, dass Ihr ...«

Die Stilettklinge schnitt ihm das Wort ab und den Hals auf. Er brach zusammen, und Pyâdah fing ihn auf. »Hilf mir!«

Gemeinsam zogen sie den Körper in Shantis Gemach.

»Du machst offenbar keine Kompromisse«, sagte Shanti, die schockiert darüber war, dass ihre neue Gefährtin den Mann ohne mit der Wimper zu zucken umgebracht hatte.

»Es muss ja nicht gleich jeder wissen, dass du das Angebot der Verasti dankend ablehnst«, erwiderte sie. Sie nahm dem Mann sein Schwert ab und reichte es der Diebin. »Kannst du damit umgehen?«

»Ein wenig. Ein Dolch wäre besser.«

Pyâdah runzelte die Stirn, nahm Schwert und Scheide an sich und reichte ihr dann ein Stilett.

Shantis Finger schlossen sich um den schlanken Griff. Sie wog die dreikantige Klinge in der Hand. Unvermittelt flackerte der Impuls auf, Pyâdah die Stichwaffe einfach in die Seite zu rammen. Wenn sie tot wäre, könnte sie auf eigene Faust fliehen, ohne Verpflichtungen, von denen sie nicht einmal wusste, woraus sie bestanden. Allerdings auch ohne eine Verbündete, ohne die sei mangels Ortskenntnis und ihres geschwächten Zustands wohl noch weniger Chancen hatte.

»Denk nicht mal daran!«, sagte Pyâdah und wies auf das Stilett. Sie musste ihren Blick bemerkt haben.

Shanti ging nicht darauf ein. »Was hast du jetzt vor? Eine Wache nach der anderen abstechen?«

»Wenn es nötig ist«, erwiderte Pyâdah. »Nein, wir müssen in das Gemach von Garthis. Dort befindet sich der Schlüssel zur Kammer im Sternenturm. Nur damit können wir die magische Sicherung überwinden.«

»Du willst dieses Ding wirklich öffnen? Ich habe diese magische Schiene nur kurz berührt und ... du weißt nicht, wie grauenvoll es war.«

»Doch, das weiß ich.« Pyâdah blickte Shanti in die Augen, jeder Anflug von Spott war verflogen. »Für den Bruchteil eines Wimpernschlags war die Schwarze Sonne auch in meinem Geist, aber ich werde nie wieder vergessen, wie es ist, am Abgrund des eigenen Verstandes zu wandern und sich nichts sehnlicher zu wünschen, als zu fallen.« Sie nahm Shantis Hand und drückte sie freundschaftlich. »Genau deshalb müssen wir die Kammer öffnen und vernichten, was sich darin befindet.«

Shanti wurde allmählich klar, was gerade passierte. »Dann ... dann dient der Aufruhr in der Stadt nur der Ablenkung?«

»Natürlich. Im Turm liegt das eigentliche Ziel unseres Vorhabens. Wir haben Jahre benötigt, um das Wissen zu erlangen und in die Position zu kommen, der Verasti einen Stich zu versetzen, der sie empfindlich trifft. Die Schäden in der Stadt werden ihr und vor allem ihrer Admiralität durchaus wehtun. In Amhas oder Thalass Horn, selbst in Valdora wird man das begrüßen. Doch Politik interessiert uns nicht. Wir sind einem größeren Ziel verpflichtet.«

»Und welchem?«

Pyâdah lächelte. »Das erfährst du früh genug. Für den Augenblick musst du nur wissen, dass wir Mesoth von einem Übel befreien, dessen abgrundtiefe Bosheit du am eigenen Leib erfahren hast. Dienst du der Verasti, machst du dich zum Sklaven dieses Grauens. Unwiederbringlich.«

Shanti zögerte mit einer Antwort. Es widerstrebte ihr, dieser Frau so ausgeliefert zu sein, die binnen weniger Augenblicke zwischen Freundlichkeit und brutaler Härte schwankte, und deren Ziele sie nur vage kannte. Aber was blieb ihr übrig? Sie war zu schwach, um alleine zu fliehen, und ein Angriff auf Pyâdah schien erst recht ausweglos zu sein.

Ohne auf eine Antwort zu warten, zog Pyâdah an ihrem Ärmel und sie rannten den Flur hinunter, vorbei an den vielen Türen, die Shanti bereits am Nachmittag passiert hatte. Im Empfangsraum des Gemächertrakts verharrten sie. Die doppelflügelige Tür stand offen, von den Wachen war nichts zu sehen.

»Die Ablenkung funktioniert«, stellte Pyâdah fest und winkte Shanti hinter sich her. »Der Vorteil, so lange in der Zitadelle gedient zu haben, ist, dass ich hier jeden kleinen Dienstbotengang kenne.« Sie wies auf einen Flur, den Shanti übersehen hatte. Eine lange Reihe Gemälde zog sich den Gang entlang, und im Raum zwischen zwei Bilderrahmen konnte man sich gerade so zwischen die Mauersteine drängen. »Hier geht's zu einer Treppe, die runter zum Küchentrakt führt«, erklärte Pyâdah, die das

Schwert gegen ihr zweites Stilett eintauschte. Als sie wie angekündigt an schmalen, ebenfalls kaum mannsbreiten Stufen ankamen, wies sie nach oben. »Darüber befinden sich die Räume der höheren Manglabiten, die in der Zitadelle arbeiten. Auch Garthis zählt als Prokurator zu ihnen. Die Räume kann man über die Treppe versorgen.«

Pyâdah lugte hinauf und begann dann langsam die Stufen emporzusteigen.

Shantis Beine schmerzten, auch die verletzte Hand begann zu pochen. Das Bad hatte zwar verhältnismäßig wie ein Wunder auf ihre Verletzungen gewirkt, aber lieber hätte sie sich zwei Tage ausgeruht, bevor sie an einem Aufstand gegen die Verasti teilnahm. Und vor allem an einem Kampf gegen einen verdammten Magier!

»Was machen wir eigentlich, wenn Garthis dort ist? Bitten wir ihn freundlich um den Schlüssel?«

»Nein, wir bringen ihn um«, erwiderte Pyâdah.

»Ich darf dich darauf hinweisen, dass er ein Magier ist? Und zwar einer von denen, die dich mit der bloßen Bewegung ihrer Finger zerquet...«

Pyâdah hielt an, so dass Shanti fast in sie hineinlief. Sie streckte ihr die Faust entgegen. Am Mittelfinger prangte ein Ring. »Ich bin vor seiner Magie geschützt. Dieser Scharlatan ist nur zu einer niederen Form der arkanen Macht fähig. Um mich zu verletzen, bräuchte es schon einen Gathori. Und meiner Kenntnis nach treiben sich von denen nicht allzu viele in Mesoth herum.«

»Ich hoffe, du kannst diesem Ring vertrauen.« Shanti war von der Aussage nicht sonderlich überzeugt. Sie hatte die arkane Macht von Garthis am eigenen Leib zu spüren bekommen. Ein zweites Mal konnte sie getrost darauf verzichten.

5. Widerstand

Schweigend folgte sie Pyâdah hinauf. Es dauerte nicht lange, bis die Treppe endete. Sie erreichten einen Lagerraum, der offenbar sowohl von der Dienerschaft als auch den Beamten der Verasti benutzt wurde, um Sachen aufzubewahren, die nicht mehr in Gebrauch waren. Truhen, Servierwagen, Vasen und Blumenkübel, Statuetten, die ihre beste Zeit längst hinter sich hatten, sowie eine Glasvitrine voller Porzellangeschirr erleichterten den Lakaien die Versorgung der Manglabiten, während diese dort alle Arten von Papier, von Schriftrollen über sperrige Folianten bis hin zu stapelweise Visitenkarten und Umschlägen verschiedener Größen aufbewahrten. Die meisten Dinge davon waren seit Jahren nicht benutzt worden, wie Shanti im Vorbeigehen bemerkte.

Draußen vom Flur war Geschrei zu hören.

»Die drehen alle durch, genau so, wie es geplant war«, stellte Pyâdah fest. »Tu am besten ebenfalls so, als seist du schockiert und verwirrt von den Ereignissen.«

»Dafür muss ich mich nicht verstellen.«

»Umso besser«, lächelte Pyâdah. Ganz so entspannt, wie sie zu klingen versuchte, war aber auch die falsche Capitana nicht. Shanti bemerkte das Zittern ihrer Hände, als sie den Türgriff umfasste. Pyâdah verfiel in einen Laufschritt, nachdem sie den Türrahmen durchquert hatte, so dass Shanti Mühe hatte mitzuhalten.

Der Gang wimmelte von Manglabiten und ihren Adlati. Kleine, meist grauhaarige Männchen mit zerknautschten Gesichtern, die sicher genauso viel Humor hatten, wie man es den mesothischen Beamten nachsagte, dachte Shanti. Sie versuchte, besorgt oder zumindest geschäftig auszusehen, aber sie hatte das Gefühl, dass ohnehin niemand von ihr Notiz nahm.

»Da ist es«, sagte Pyâdah und hielt bei einem Seitenflur an, der von einem Gardesoldaten bewacht wurde. Wenn die Capitana erstaunt war, dass sich der Mann noch auf seinem Posten befand, ließ sie sich zumindest nichts anmerken. Mit strammem soldatischem Schritt ging sie auf ihn zu. Er nahm unvermittelt Haltung an, als er bemerkte, wer sich näherte.

»Ich muss mit Garthis sprechen«, sagte Pyâdah und nickte dem Mann zu. »Ist er zugegen?«

»Ehrlich gesagt, weiß ich es nicht, Capitana«, gab der Soldat zurück. »Der Prokurator bedient sich meist ... eigener Wege, um sein Gemach zu betreten.« Die Erwähnung von Magie schien ihm unangenehm zu sein.

Pyâdah runzelte die Stirn. »Dann werde ich nachsehen, ich muss ihn unbedingt sprechen. Hier drehen alle gerade durch.«

»Capitana, was ist denn eigentlich passiert?«

»Jemand hat das Hafenarsenal in die Luft gesprengt. Danach hat es weitere Detonationen in der Stadt gegeben. Ich weiß aber auch nicht, wo überall. Es soll schlimm um manche Viertel stehen, Brände breiten sich aus, heißt es. Jedenfalls spielen deswegen alle verrückt. Aber die Verasti wird diejenigen finden, die dafür verantwortlich sind.«

»Natürlich, Capitana.«

Der Soldat salutierte, und Pyâdah winkte Shanti in den Flur. »Diese ganzen Räume gehören Garthis, auch seine persönlichen Besitztümer befinden sich hier.«

»Und woher weißt du, dass wir dort den Schlüssel für dieses ... unheilige Ding im Turm finden können?«

»Garthis mag ein Magier sein und ein Geschöpf der Verasti, aber er ist auch ein Mann«, erwiderte Pyâdah und zwinkerte ihr zu. »Wenn du die hier geschickt einsetzt, erzählt dir jeder Kerl, was du willst.« Sie wackelte spielerisch mit dem Busen.

»Ja ... das macht vieles einfacher«, bestätigte Shanti.

»Hier ist es. Jetzt bist du dran, denn die Tür ist verschlossen.«

Shanti holte ihre Dietriche hervor, warf einen Blick auf das Schloss und wählte ein grobes Werkzeug mit zwei Haken an der Spitze aus. Selbst mit der gesunden rechten Hand benötigte es lediglich zwei schnelle Drehungen, dann war die Tür geöffnet.

»Ein ganz normales Bartschloss. Das hättest du auch hinbekommen«, sagte sie zu Pyâdah.

»Vielleicht, aber ich hätte die Tür wahrscheinlich einfach eingetreten.«

»Warum sollte ich sie dann öffnen?«

»Vielleicht wollte ich mir nur mal ansehen, ob du tatsächlich so ein geschicktes Mädchen bist, wie alle sagen.« Pyâdah stieß die Tür auf und zog ihr Stilett. »Ab hier wird es nicht mehr so ein Spaziergang. Bislang haben wir uns nichts zuschulden kommen lassen, aber das hat sich in diesem Augenblick erledigt.«

Mal ganz abgesehen von der Ermordung von Soldaten, dachte Shanti, behielt es aber für sich.

Sie betraten ein prunkvoll eingerichtetes Zimmer, das mit seinen goldenen Wandverkleidungen, der filigranen Stuckdecke und samtgepolsterten Möbeln in krassem Kontrast zum nüchternen Marmorflur stand. Pyâdah verschwendete keinen Blick auf das luxuriöse Mobiliar, sondern durchquerte den Raum mit schnellen Schritten, um auf der linken Seite an einer weiteren Tür zu lauschen.

»Dahinter ist sein Arbeitszimmer. Ich glaube, er ist tatsächlich nicht da. Unser Plan scheint aufzugehen.«

»Offenbar warst du dir dessen bislang nicht sicher. Kann es sein, dass euer Vorhaben auf ziemlich wackeligen Füßen steht? Es müssen eine ganze Menge Bedingungen eintreffen, damit er funktioniert, habe ich das Gefühl.«

»Kein Plan ohne Risiko. Bis jetzt läuft es wie erwartet.«

»Schon, nur dass das Risiko aus einem Magier besteht, der ein perverses Vergnügen daran hat, anderen Schmerz zuzufügen.«

»Es hat niemand gesagt, dass es einfach wird«, gab Pyâdah schulterzuckend zurück. Vorsichtig drückte sie die Klinke nach unten und schob die Tür dann mit der Schwertspitze einen Fingerbreit auf. »Bei Garthis weiß man nie, ob er nicht selbst in seinen privaten Räumen irgendwelche Fallen errichtet hat.«

Langsam öffnete sie die Tür, der gegenüber ein ausladender Schreibtisch die ungebetenen Besucher empfing. Er wurde von einer einnehmenden Regalwand umrahmt. Diese nahm die gesamte Rückwand ein und war nahezu komplett mit Oktavbänden, mächtigen Folianten und säuberlich gestapelten Schriftrollen gefüllt.

»Garthis legt offenbar Wert auf Ordnung«, stellte Shanti fest. »Deshalb wundert es mich ehrlich gesagt, dass dieser ominöse Schlüssel für den Turm einfach hier herumliegen soll. Das erscheint mir ziemlich unvorsichtig.«

»Tut er auch nicht«, erwiderte Pyâdah. Sie glitt in den Raum und inspizierte die Ecken, sogar unter dem Schreibtisch und Sofa schaute sie nach, als ob sich irgendwo jemand verstecken könnte.

»Was suchst du? Gibt es ein Geheimfach? Einen Tresor? Benötigst du mich dafür? Wenn es eine rein mechanische Sache ist, kann ich dir vielleicht helfen, bei magischen Vorrichtungen allerdings ...«

»Es gibt keinen Tresor.«

Shanti war verwirrt. »Was machen wir dann hier?«

Pyâdah war hinter den Schreibtisch getreten und lächelte. »Wir rufen Garthis.«

Shanti benötigte einen Augenblick, um zu realisieren, was sie gerade gehört hatte. Dann traf sie die Erkenntnis wie ein Blitzschlag. »Du ... gehörst zur Verasti!«, rief sie aus. Sie riss das Stilett hervor und richtete es auf sie.

Pyâdahs Lächeln erstarb. Ein eiskalter Blick traf Shanti.

»Oder gehört Garthis zu eurer ... Gruppe?«

»Dein mangelndes Vertrauen enttäuscht mich«, erwiderte Pyâdah.

»Es wäre nicht das erste Mal, dass man mich hintergeht, und ich mich dann in den magischen Fesseln von Garthis winde.«

»Dein Misstrauen ist unberechtigt. Keine deiner Vermutungen stimmt.«

»Warum rufen wir dann den Magier?«

»Er trägt den Schlüssel zu dem Unheiligtum bei sich. Du kannst das Stilett draußen lassen, denn er wird ihn nicht freiwillig herausrücken.« Auf Shantis fragenden Gesichtsausdruck hin fuhr Pyâdah fort. »Natürlich ist Garthis kein unvorsichtiger Mann. Es wäre naiv, zu glauben, wir könnten einfach in sein Offizium marschieren und den Schlüssel oder sonstige Gegenstände stehlen. Wertvolle Besitztümer sind tatsächlich mit magischen Vorrichtungen gesichert, aber wie ich dir gesagt habe, ist Garthis' Macht begrenzt. Er wurde an der Universität in Amhas ausgebildet, verfügt lediglich über nennenswerte Fähigkeiten in magischer Beherrschung sowie Runen- und Schriftmagie. Wir haben hier also keine Flammenstrahlen oder ähnliches zu erwarten. So etwas gibt es nur im Märchen – oder in Yamar. Er verwahrt hier allerdings wichtige Dinge, zum Beispiel ein paar Fabrytstreifen.«

»Fabryt? Von so einem könnte man ein halbes Stadtviertel kaufen«, entfuhr es Shanti mit Staunen. Sie hatte noch nie einen der wertvollen Silanstreifen gesehen, die angeblich einen Splitter aus Kasangit umschlossen.

»So ist es. Und deswegen wird er sofort auf den Plan gerufen, wenn sich jemand daran vergreifen will. Er besitzt eine Art Gerät, das irgendwie aus der unheiligen Kraft seines Herrn gespeist wird, und mit dem er sich innerhalb der Stadt an einen beliebigen Ort versetzen kann. Ich nehme an, dass er nach den Explosionen sofort zum Hafen oder zur Verasti entschwunden ist. Wird er alarmiert, kehrt er aller Wahrscheinlichkeit nach in wenigen Sekunden zurück, um seinen Besitz zu schützen. Dann müssen wir ihn nur noch töten und wir haben den Schlüssel.«

»Du weißt anscheinend gut über ihn Bescheid.«

»Drei Zimmer weiter ist sein Schlafzimmer. Ich hätte viele Nächte darin verschwendet, ohne dieses Wissen gesammelt zu haben. Mich ihm hinzugeben war der einfachste Weg, um schließlich hier herzugelangen.«

»Und wenn er nicht hier erscheint?«

»Dann bleibt uns immer noch das Fabryt.«

Shanti atmete durch. »Keine schlechte Alternative.« Sie sah sich um. »Wenn es tatsächlich so kommt, wie du sagst, sollten wir ihn also möglichst schnell erledigen, habe ich recht? Wie ist dein Plan?«

»Nicht sonderlich komplex. Wir postieren uns an zwei Enden des Raums. Sobald Garthis erscheint, rammen wir ihm die Klingen in den Leib. Wir dürfen ihm keine Zeit lassen, um Magie zu wirken.«

»Hast du nicht gesagt, er kann dir nichts anhaben?«

»Ganz sicher ist das nie, aber ich habe dabei mehr an dich gedacht.«

»Na großartig.«

»Es tut mir leid. Dass du bei mir bist, war ursprünglich nicht vorgesehen, erhöht unsere Chancen aber gewaltig.« Pyâdah kniete sich hin. »Hier in diesen Schubladen befindet sich das Fabryt.«

Shanti trat zu ihr und begutachtete den Schreibtisch. Vier Schubladen befanden sich auf der linken Seite. Sie warf einen Blick auf die Schlösser, die zwar aus massivem Stahl, vielleicht sogar aus einer Kasangitlegierung, bestanden, wie sie nur in hochwertigen Möbeln zu finden waren, aber an sich nicht ungewöhnlich aussahen. Die Ornamentgravuren auf der Oberfläche täuschten darüber hinweg, dass es sich um Besatzungsschlösser handelte, die auch mit dem entsprechenden Werkzeug nicht sofort zu öffnen waren, da sich dahinter unter Umständen ein komplizierter Mechanismus verbarg. Shanti war sich dennoch sicher, dass sie das Schloss mit den entsprechenden Dietrichen bezwingen konnte, wenn sie Zeit und Ruhe dazu bekäme.

Prüfend betastete sie das Holz rund um die Verblendung nach Einkerbungen, Öffnungen, Beschichtungen – was auch immer auf eine weitere Schutzvorrichtung neben der angeblich vorhandenen magischen Sicherung schließen ließ.

Sie fand nichts. Dennoch war sie beunruhigt. Sie stand auf und betrachtete zweifelnd den Schreibtisch. »Eine Falle kann ich nicht entdecken, zumindest nichts, was bei so einer Art von Schloss üblich ist. Woher weißt du überhaupt von dem Fabryt?«

»Ich weiß es, weil er mir einen Streifen davon gezeigt hat. Er bildet sich mächtig was drauf ein. Wahrscheinlich bewahrt er sie nur hier auf, um damit zu protzen. Ich werde versuchen, die Schublade mit roher Gewalt aufzuhebeln. Das sollte die Sicherung auslösen. Versteck du dich hinter der Tür, und sobald er erscheint, machen wir den Drecksack kalt.«

»Du kannst ihn wohl nicht besonders gut leiden?«

»Er hat nicht nur dir Schmerzen zugefügt, glaub mir das.«

Shanti fragte nicht weiter nach. Sie konnte sich denken, was das bedeutete. »Irgendwie habe ich kein gutes Gefühl dabei. Solche Dinge sind normalerweise besser gesichert. Wir soll-ten ...«

Pyâdah wiegelte ihren Einwand mit einer Handbewegung ab. »Schon gut, ich gehe ja nicht davon aus, es tatsächlich öffnen zu können.« Sie zog ihr Schwert aus der Scheide und drückte die Spitze mit beiden Händen an das Holz. »Bereit?«

»Wenn du es bist.« Shanti umklammerte den Griff des Stiletts und machte sich angriffsbereit.

Pyâdah schloss die Augen und atmete tief ein. Dann rammte sie die Klinge zwischen die Schubfächer. Augenblicklich ertönte ein Kreischen, das Shanti schier das Trommelfell zerriss. Sie stolperte nach vorne und presste die Hände auf die Ohren. Pyâdah indes ging zu Boden. Sie wand sich stöhnend und presste die Hände auf das Gesicht. Offenbar war sie von irgendetwas getroffen worden. Auch Shantis Augen begannen zu brennen, ein ätzender Geruch drang ihr in die Nase. Das grausame Geräusch endete, allerdings bemerkte sie, dass ihr Blut über Lippen und Kinn lief. Sie taumelte durch den Türrahmen aus dem Raum und stürzte linker Hand über einen Sessel.

Langsam ließ das Brennen nach.

Als sie wieder zu sich kam, hörte sie eine Stimme.

Es war Garthis.

»Ausgerechnet du. Soll ich jetzt enttäuscht von dir sein, Pyâdah? Oder eher darin bestätigt, dass du es auf etwas anderes abgesehen hattest, als meine ... Zuwendungen?«

»Heuchler«, keuchte Pyâdah. Sie lag noch immer am Boden, wie Shanti durch die offenstehende Tür erkannte. »Es ging nie um Liebe, immer nur um Macht.«

Garthis lachte, es klang kalt und freudlos. »Vielleicht hast du recht. Es fragt sich nur, wer sie über wen ausgeübt hat. Zumindest hast du es mit den süßen Einflüsterungen in unseren gemeinsamen Stunden geschafft, mich so weit zu blenden, dass ich dir vertraut habe. Doch die Gier nach dem Fabryt, die ich in dir entfacht habe, hat letztlich über deine Vernunft gesiegt. Du glaubst doch nicht im Ernst, dass ich den Streifen noch hier aufbewahre, nachdem ich ihn dir gezeigt habe? Du hast mich vielleicht blind gemacht, aber nicht *so* blind.«

Pyâdah lächelte schwach. »Du wirst zugeben, dass die Aussicht auf nur eins von den Dingern einen Verrat rechtfertigt. Der Sold der Verasti ist gut, aber ich müsste schon zwei Leben gelebt haben, um so viel herauszubekommen.«

»Ich bedaure, dass du dein einziges verwirkt hast. Hättest du mich nicht abgewiesen, wäre vielleicht einer der Streifen deiner gewesen. Nun wird ihn eine andere erhalten.«

»Belüg mich nicht. Es gibt keine andere. Du hast immer nur Augen für mich gehabt, weil selbst sie dir nicht das bieten konnte, was du bei mir bekommen hast, Garthis.« Sie fuhr fort, aber Shanti konnte nicht verstehen, was sie sagte.

Was macht sie da bloß?, fragte sich die Diebin, nur um sich sofort die Antwort zu geben. *Sie spielt auf Zeit.* Sie wartet darauf, dass ich ihn erledige, wurde ihr schlagartig klar.

Verzweifelt blickte sie sich um. Sie hatte das Stilett im Arbeitszimmer fallen lassen, als das Kreischen einsetzte. Stattdessen fanden ihre Finger die Silanklinge in der Tasche. Das Einbruchswerkzeug mit seiner geschwungenen Schneide eignete sich nicht wirklich dazu, um jemanden zu erdolchen. Dennoch konnte es fürchterliche Wunden zufügen, wie Garthis ja an ihrer Hand demonstriert hatte.

Sie kam lautlos wie eine Katze auf die Beine. Zwei Schritte zur Tür, ein Blick hindurch. Pyâdah lag noch immer am Boden und setzte ihr Schauspiel fort. War es ein Schauspiel? Garthis ging jedenfalls darauf ein, indem er gestikulierend beteuerte, dass sie ihm schon lange nichts mehr bedeutete. Er war offenbar sehr aufgewühlt. Vor allem schien der bislang so kaltblütige Magier nicht in der Lage zu sein, Pyâdah an Ort und Stelle für ihren Einbruch zu richten.

Shanti war es recht, denn er achtete nicht auf die Umgebung.

Es waren nicht mehr als fünfzehn Fuß, die sie zurücklegen musste, diese allerdings ohne jede Deckung. Garthis fixierte immer noch seine ehemalige Geliebte. Shanti hingegen setzte sich in Bewegung, halbierte die Distanz hinter ihm. Falls Pyâdah sie sah, ließ sie sich nichts anmerken. Gleich war sie heran, die Silanklinge bereits zum Schnitt erhoben.

Da fiel der Blick des Magiers auf ihr Stilett, das an der Wand lag, an der sie zuvor gekauert hatte. Ein kurzer Blick zu Pyâdah, deren Schwert sich hinter dem Schreibtisch befand, dann realisierte er, dass zwei Personen im Raum gewesen sein mussten.

Shanti sprang ihn an. Im gleichen Atemzug drehte er sich und wich der auf ihn niedergehenden Klinge aus. Sie verfehlte seinen Hals, sondern schnitt ihm seitlich von der Glatze über die Wange. Im Fallen löste er einen magischen Impuls aus, der ihr das Stilett entgegenschleuderte. Es schnitt zwischen Becken und Rippen in Shantis Seite und drang am Rücken wieder aus. Blut spritzte gegen die Wand, als sie zu Boden ging.

Während Shanti sich kaum bewegen konnte, brüllte Garthis wie ein Kind seinen Schmerz heraus. Dennoch kam er kurz darauf wieder auf die Beine, das zerfetzte Gesicht eine Maske aus Blut und Hass. Er zog einen Dolch und fixierte Pyâdah. »Du dreckige Hure! Was geht hier vor?«

»Du hast keine Ahnung, wem du gegenüberstehst!«, zischte sie als Antwort.

Ein Tritt hinderte sie daran aufzustehen. Garthis griff die geschwächte Frau, zog sie hoch und schlug ihren Kopf auf den Schreibtisch. Er packte sie am Hinterkopf und riss ihn zurück. Eine Augenbraue war aufgeplatzt, und sie schien nur noch halb bei Bewusstsein zu sein. Dennoch umspielte ein Lächeln ihre Züge. »Wir wandeln in *seinem* Licht«, flüsterte sie. Ihre Augen trafen Shantis. Die Finger der Diebin schlossen sich um das blutige Stilett, das unter ihr lag.

Überraschung und Erkenntnis vermischten sich in Garthis' Miene. Pyâdah nutzte seine kurzzeitige Verwirrung, zog ein kleines Messer aus dem Stiefel hervor und rammte es dem Magier in die Wade.

Garthis knickte ein, hielt ihre Haare jedoch umklammert. Mit der anderen Hand versetzte er ihr einen Faustschlag gegen die Schläfe. Pyâdahs Kopf wurde zurückgeworfen, und sie sackte zusammen.

Der Magier ging in die Knie, presste eine Hand auf das Gesicht. Dann blickte er zu Shanti. »Wie passt du Gossenratte hier hinein? Solltest du ihr das Schloss öffnen?« Er zog das Messer aus dem Bein und kroch auf sie zu wie ein verwundetes Raubtier. »Ich wusste, dass dir nicht zu trauen ist. Aber diesen Irrtum werde ich berichtigen.«

Shanti wich vor ihm zurück.

Er kam an sie heran, das Messer in der zitternden Hand. Geronnenes und frisches Blut vereinten sich zu einer dämonischen Halbmaske, die einen guten Teil seines Gesichts bedeckte.

Als er mit dem Messer ausholte, zuckte ihr Stilett hervor.

Diesmal fand Shanti ihr Ziel.

Die dreikantige Klinge durchstieß seine Kehle und trat am Nacken des Magiers wieder aus. Er riss ungläubig die Augen auf, die kurz darauf brachen, und stürzte vornüber. Sein Körper zuckte noch ein paar Mal, dann regte er sich nicht mehr.

Shanti schloss die Augen. Ihr hämmerndes Herz holte sie jedoch schnell in die Wirklichkeit zurück. Unter ihr breitete sich eine Pfütze ihres eigenen Blutes aus. Das Adrenalin unterdrückte den Schmerz, aber sie wusste, dass sie die Blutung sofort stillen musste, wenn sie überleben wollte. Sie zog sich über den Boden in Richtung Schreibtisch, in dessen Nähe sie Pyâdah stöhnen hörte.

»Hil... hilf mir.« Die Worte kamen kraftlos aus Shantis Mund. Sie war keine zwei Fuß weit über den Boden gerutscht, als sie die Kraft verließ. »Py...«

Ihre Gefährtin rappelte sich hinter der Leiche des Magiers auf. Pyâdahs Gesicht war blutig und zerschunden, doch sie war imstande, sich zu erheben. Als sie Shanti sah, die kraftlos einen Arm in ihre Richtung streckte, weiteten sich ihre Augen.

»Verdammt«, entfuhr es ihr. Sie eilte an Shantis Seite, kniete nieder und nahm ihren Kopf in die Hände. »Halt durch, nur einen Augenblick.« Sie strich ihr durch die Locken und kramte dabei in der Hosentasche herum. In ihren Fingern kam ein winziges Röhrchen aus Silan zum Vorschein. Sie entfernte den Korken und setzte es der um Atem ringenden Shanti an die Lippen.

»Trink!«

Shanti schluckte den bitteren Schleim hinunter, der ihr vollends die Luftzufuhr abzuschneiden drohte. Doch kaum war das Zeug in ihren Magen gewandert, breitete sich Wärme in ihren Gliedern aus. Die Schmerzen verschwanden fast augenblicklich, und das heftige Pochen in der Seite hörte auf. War sie kurz zuvor noch am Rande der Bewusstlosigkeit gewandelt, verfügte sie plötzlich wieder über klare Sinne.

Pyâdah sah ihr in die Augen und lächelte. »Das war ganz schön knapp. Es ist noch nicht an der Zeit, über Elotias Pforte zu schreiten, Schwester.« Sie gab Shanti das Röhrchen. »Ein minderes Panaceal-Raffinat, aber immer noch stark genug, um selbst schlimme Wunden zu verschließen. Allein, um mehr davon anzuschaffen, könnten wir das Fabryt brauchen. Steck es ein und trink es, wenn es wieder zu bluten anfängt.« Erneut streichelte sie Shantis Kopf, dann küsste sie sie auf die Lippen und stand auf. »Wir dürfen keine Zeit verlieren.«

Sie durchwühlte die Taschen in der Robe des Magiers und brachte einen doppelgliedrigen, länglichen Gegenstand zum Vorschein. »Treffer. Davon gibt es genau zwei, einen besitzt Garthis, einen die Verasti. Wir sind nur noch einen Schritt vom Ziel entfernt.«

Shanti war wegen der zärtlichen Geste Pyâdahs durcheinander, so dass sie nur halb zugehört hatte. »Wenn ... wenn wir dieses Ding im Turm erst geöffnet haben, was willst du dann tun?«

Pyâdahs Augenbrauen zogen sich zusammen. »Wir vernichten das Unheiligtum natürlich.«

»Ist das nicht zu gefährlich?«

»Wahrscheinlich war der Kampf gegen Garthis im Vergleich dazu ein Kinderspiel. Aber ich habe mein Leben dem reinigenden Licht verschrieben und kämpfe bis zum letzten Blutstropfen, um dem Sohn der Morgenröte entgegenzutreten. Außerdem befindet sich jetzt eine weitere Schwester an meiner Seite.«

»Aber ich bin nicht deine Schwester! Ich weiß doch nicht einmal, wofür oder wogegen ihr kämpft, oder wer ihr überhaupt seid.«

»Das alles wirst du erfahren. Um dein Leben zu retten, weißt du erst einmal das, was du wissen musst. Nach wie vor bin ich dein einziger Weg hier raus, und ich habe dir angekündigt, dass es ... durchaus etwas komplizierter werden könnte.«

Shanti wusste nicht, was sie entgegnen sollte. Sie lebte noch, das war nicht von der Hand zu weisen. Ob sich ihre Situation gegenüber dem Tod in den Käfigen allerdings entscheidend verbessert hatte, war eine andere Frage.

»Dann komm.« Pyâdah half ihr auf. »Lass uns das reinigende Licht entfachen.«

6. Finsternis

Die Fahrstuhltüren öffneten sich. Pyâdah spähte hinaus und winkte Shanti hinter sich her. »Keiner zu sehen, ganz wie ich es erhofft habe. Außer den Turmwachen sollte uns niemand Probleme bereiten.«

Sie traten in den Eingangsbereich, der vom Luftschiffanleger der Verasti in die Empfangsräume für Gäste führte. Shanti spähte zu einer schmalen Tür. Dort hatte sie sich verborgen gehalten, bevor sie den Aufstieg in den Turm begann.

»Er ist noch nicht da«, murmelte Pyâdah währenddessen. Sie schien besorgt zu sein.

»Wer?« Shanti folgte ihrem Blick zum Ausleger. Außer der Prunkbarke der Verasti war dort kein Arcanaero angedockt.

»Der einzige Weg, die Zitadelle zu verlassen, falls wir das alles überleben.«

Sie blickte ins Leere, gab sich dann aber einen Ruck und zog Shanti mit sich. »Es wird Zeit. Komm, bringen wir es zu Ende.«

Die Frauen durchquerten die prunkvolle Empfangshalle. Am Ende befanden sich Wachen. Pyâdah winkte ihnen schon von weitem zu. Einer von ihnen rührte sich und kam mit gerunzelter Stirn auf sie zu. »Capitana, was ist passiert? Ihr seid verletzt.«

Zu Shantis Überraschung sank Pyâdah vor dem Mann auf die Knie. »Ver... Verräter in der Zitadelle«, presste sie hervor. Es hörte sich so an, als ob sie schlimme Schmerzen litt.

Shanti hockte sich neben sie und hielt sie fest, während der Gardist seinen Kameraden herbeirief.

»Sie sind in die Gemächer der Manglabiten eingedrungen. Wir konnten sie nicht aufhalten. Es ... waren diese Heuchler aus Yamar, man hätte ahnen müssen, dass sie etwas im Schilde führen. Die Satrapa braucht da unten jeden verfügbaren Mann.«

»Aber was ist mit Euch? Ihr braucht Hilfe.« Der Mann blickte Shanti an, die von Pyâdahs Schauspiel überrascht war und nur hilflos den Kopf schüttelte.

»Nein ... geht!«, stöhnte Pyâdah. »Man wird sich um mich kümmern. Findet diese Eindringlinge und bringt sie zur Strecke, nehmt jeden Mann dazu, den ihr finden könnt. Es liegt jetzt an Euch, Mesoth und die Satrapa zu retten.«

Der Mann überlegte einen Augenblick und nickte dann. »Wie Ihr befehlt, Capitana. Wir lassen die Satrapa nicht im Stich.« Sofort machte er sich mit seinem Kameraden auf den Weg.

Pyâdah blickte ihnen nach, dann verzog sich ihr Mund zu einem spöttischen Lächeln. Von der gespielten Verwundung war nichts mehr zu sehen. »Das dürfte sie eine Weile beschäftigen.«

»Ich hab gedacht, du bringst sie einfach um, als ich kapiert habe, dass du ihnen nur was vorspielst.«

»Das hatte ich vor, bis mir ein besserer Einfall gekommen ist. In der Zitadelle befindet sich tatsächlich eine Abordnung des Harans von Kesh Achlan. Sie waren zu Verhandlungen über yamarische Kasangitlieferungen bei der Verasti zu Gast. Ich glaube kaum, dass der Haran begeistert sein wird, wenn seine Unterhändler von mesothischen Gardesoldaten abgestochen werden. Um das zu erklären, muss sich die Verasti eine gute Geschichte einfallen lassen.«

»Ich dachte, Politik interessiert euch nicht.«

»Wir nehmen die Politik in Kauf, wenn sie unseren Zwecken dienlich ist.«

Shanti half ihrer Gefährtin auf die Beine und wies auf die Tür. »Das müsste der Zugang zum Turm sein. Ich kenne ihn allerdings erst ab dem zweiten Stockwerk, da mir dieser ... direkte Weg versperrt war.«

»Du musst künftig einfach raffinierter denken, das öffnet die meisten Türen«, erwiderte Pyâdah und zwinkerte ihr zu. Sie rüttelte an der Tür, die sich jedoch nicht bewegte. »Ich fürchte allerdings, dass man dieser hier mit profanen Mitteln zu Leibe rücken muss.«

Shanti lächelte und sah das Schloss an. Wenige Augenblicke später hatte sie den Sperrriegel mit einem Dietrich ausgehebelt und die Tür aufgeschoben. Durch das Panace-al-Raffinat war ihre verletzte linke Hand ebenfalls verheilt. »Fast schon eine Beleidigung«, murmelte sie. »Einer Königin eigentlich nicht würdig.«

Auf Pyâdahs fragenden Blick hin winkte sie ab. »Da ist die Treppe.«

Sie beeilten sich, um in die Sternwarte hinaufzugelangen, obwohl Shanti nicht wusste, ob es ihr lieber war, die Sache schnell hinter sich zu bringen oder sie noch länger aufzuschieben. Beim Gedanken an die verbotene Turmkammer lief es ihr kalt den Rücken hinunter.

»Es ist nicht mehr weit, aber oben steht noch eine Wache«, sagte sie, als sie den Raum passierten, in den sie zwei Tage zuvor von außen eingedrungen war. War das erst zwei Tage her? Sie war seitdem tausend Tode gestorben und ebenso oft wieder ins Leben zurückgekehrt, so dass ihr die Zeitspanne seit dem Einbruch viel länger vorkam.

Pyâdah stoppte sie und spähte vorsichtig um die Biegung. »Du hast recht. An dem müssen wir noch vorbei«, flüsterte sie. Langsam zog sie ihr Schwert heraus und fordert Shanti auf, es ihr gleichzutun.

Mit erhobener Waffe trat sie auf die Treppe.

So übermüdet die Wache während Shantis Einbruch gewesen war, so war der Gardist nun hellwach und brachte den Speer in Anschlag. »Wie kommt ihr hier hinauf?« Verwirrung zeichnete sich auf seinen Zügen ab, als er die vermeintliche Offizierin erkannte. »Capitana?«

»Du hast du Wahl: Es wäre alles ziemlich einfach, wenn du den Weg freimachst und uns in das Astrolabium einlässt, ohne Fragen zu stellen, Soldat«, entgegnete Pyâdah, ohne darauf einzugehen. »Es kann stattdessen auch ein hässliches Ende nehmen.«

Der Mann wusste offenkundig nicht, was er tun sollte. Seine Augen bewegten sich hektisch zwischen Shanti und Pyâdah hin und her, während er den Speer weiterhin auf sie richtete. Es wäre nicht einfach, daran vorbeizukommen, überlegte Shanti.

»Soldat, das ist deine Chance, um die Waffe niederzulegen.« Pyâdahs Stimme war hart geworden.

»Hier hat niemand Zugang außer der Satrapa und Garthis. Weiß jemand davon?«

»Wie glaubst du, sind wir wohl hier hineingelangt? Indem wir den Wachen gesagt haben, sie sollen sich eine Pause genehmigen? Entscheide dich!«

Pyâdah schien ihn nicht überzeugt zu haben, Shanti sah, wie es in dem Mann arbeitete. Schließlich gewann sein Pflichtgefühl die Oberhand.

»Ihr dürft hier nicht herein, außer die Satrapa gibt ihre außerordentliche Erlaubnis dazu.«

Pyâdah seufzte scheinbar resigniert. Dann ging alles ganz schnell. Plötzlich befand sich eine Wurfklinge in ihrer linken Hand. Bevor der Soldat reagieren konnte, fuhr sie oberhalb des Lamellenpanzers in den Hals, wo sie vollständig verschwand.

Der Mann taumelte nach hinten, die Hand an die Kehle gepresst. Er ließ den Speer fallen und setzte sich auf den Hosenboden.

Pyâdahs Schwert beendete sein Leiden.

»War das wirklich nötig?«, fragte Shanti, als er sein Leben ausgehaucht hatte. »Der Mann weiß nichts von den Dingen, die sich dort oben verbergen. Wir hätten ihn am Leben lassen sollen.«

Pyâdah blickte sie finster an. »*Ich werde Rache üben an jenen, die mich verleugnen. Meine Diener sollen sie richten und auf ewig verdammen.* So spricht Urias in den Geboten an die Uritarim. Die Diener der Verasti sind unsere Feinde, Shanti, keiner von ihnen ist unschuldig. Der Tod ist für sie Befreiung und Strafe zugleich.« Das Flackern in ihren Augen hatte etwas Unheimliches, das

Shanti bislang nicht bei Pyâdah bemerkt hatte. »Und jetzt mach die Tür auf!«

Shanti wollte nicht diskutieren, doch die Kaltblütigkeit, mit der ihre Begleiterin tötete, war ihr zuwider. Sie atmete kurz durch, um sich auf das Schloss zu konzentrieren, doch wie beim ersten Mal stellte es sie vor keine Probleme.

Pyâdah lief an ihr vorbei in die Turmkammer. »Wo ist es?«

Shanti wies vorsichtig mit der Hand in die Ecke, in der sie die Dracaniumlinien entdeckt hatte. »Es ist ... so etwas wie ein Portal, glaube ich. Aber es kann eigentlich nicht sein, dahinter befindet sich nichts als Luft. Wenn man hindurchschreitet, stürzt man ab.«

Pyâdah steckte das Schwert ins Heft und begutachtete die Wand am angegebenen Ort. Sie zeichnete die Linie, die Shanti hinter ihr nicht erkennen konnte, mit einem Finger nach, vermied es allerdings, sie zu berühren. Shanti blickte zur gegenüberliegenden Seite. Kein Mondlicht fiel in den Raum, stattdessen verdunkelte der Rauch der Brände die Sterne.

Als Shanti wieder zur Wand mit dem Unheiligtum blickte, leuchtete die Linie aus Asteril auf, als stünde sie in silbernen Flammen. Tatsächlich bildete sie die Umrisse eines Durchgangs im Mauerwerk. Eines Durchgangs ins Nichts.

Pyâdah hielt einen Gegenstand in der Hand, von dem ebenfalls ein Licht ausging, jedoch golden. Wärmer, aber ebenso verzehrend. Es schien ein Stein zu sein, vielleicht ein Kasangit. Shanti fürchtete sich vor dem, was ihnen bevorstand.

»Nimm meine Hand!«, forderte Pyâdah sie auf.

Shantis Angst schien sie übermannen zu wollen, dennoch trat sie zögernd neben Pyâdah und tat, wie ihr geheißen.

Pyâdah schloss die Augen und begann einen Choral in einer fremdartigen Sprache zu intonieren. Das Leuchten des faustgroßen Gegenstands wuchs zu einem Gleißen an, und auch die Umrisse des Portals vergrößerten sich. Sie flackerten und knisternden vor roher Energie.

Shanti presste geblendet die Lider zusammen, doch die Hitze, die von dem zweifachen, gegensätzlichen Gleißen ausging, durchdrang sie mühelos. Krampfhaft drückte sie Pyâdahs Hand.

Dann brandete eine Woge über sie hinweg, die beide umwarf. Shanti schlug mit dem Hinterkopf auf den Boden und blieb benommen liegen. Als sie wieder zu sich kam, war das Gleißen verschwunden, ebenso das Portal. Sie richtete sich auf und blickte zur Wand. Wo sich zuvor fester Stein befunden hatte, klaffte eine Lücke im Mauerwerk. Doch statt den Lichtern der Stadt fand sich dort ein dunkles Loch, eine alles verschlingende, die Wirklichkeit negierende, unerbittliche Finsternis.

»Das Portal steht offen«, sagte Pyâdah und half ihr auf die Beine. »Wappne dich für die andere Seite, Schwester.«

Shanti war nicht in der Lage, irgendwelche Einwände vorzubringen. Ihr Mund war ausgetrocknet und das Herz schlug ihr bis zum Hals. Sie war nie besonders gläubig gewesen, erst recht nicht zu Sé'Bás, den Pyâdah nach der valdorischen Gewohnheit als Urias bezeichnete. Sie wusste nicht einmal, wann sie zuletzt gebetet hatte. Doch als sie gemeinsam mit ihrer selbsternannten Schwester auf das Portal zuschritt, bat sie den Herrn allen Handels und Wandels, des lebensspendenden Lichts, um Beistand. Sie bat nicht, sie flehte.

Vor ihr tat sich Schwärze auf, wie ein Riss in der Wirklichkeit. Sie wollte sich losreißen, weglaufen, nie wieder zu der verschlingenden Dunkelheit zurückblicken, doch sie tat nichts davon.

An der Hand von Pyâdah trat sie in die Finsternis.

Shanti fühlte sich verloren.

Sie war gefangen in einer Grotte, deren Schwärze undurchdringlich war. Wie am Sternenzelt flackerten darin silberne Lichter, doch deutlich weniger und unstet durch die Finsternis wabernd, wie Fische in trübem Wasser. Sie fühlte sich beobachtet, eingeschlossen in einem düsteren Kokon, aus dem es kein Entrinnen gab. Nur Pyâdahs Hand und das schwache Glimmen des Steins hielten sie wie ein Anker in der Wirklichkeit.

»Wo sind wir?« Shantis Stimme überschlug sich. »Was ist das?«

»Das, Schwester, ist das Böse.« Pyâdahs Augen flackerten im Schein des Gegenstands, den sie mit den Händen umfasst hielt. »Das Böse aus deinen Albträumen, aus den Schauergeschichten der Großmütter, das nicht zu benennende, das unfassbare Böse.«

Shanti führte die Hände ebenfalls an den Stein, der lichterloh in Flammen stand. Ihre Finger schienen zu verbrennen, als sie ihn berührte, doch beinahe augenblicklich verwandelte sich der Schmerz in neue Kraft, die ihren Körper durchströmte.

»Hier liegt der Ursprung der Macht der Verasti. Hier liegt die verdorbene Quelle ihrer Macht, die sich aus all jenen Seelen speist, die sie dem Sohn der Morgenröte übergibt. Einzig das reinigende Licht kann sie vom Angesicht der Schöpfung tilgen.«

»Ich … ich weiß nicht, ob ich das kann.« Tränen liefen über Shantis Gesicht. Sie fühlte unsagbare Angst und wollte nur weg von diesem Ort, der sie bis auf den letzten Bestandteil ihres Seins zu vereinnahmen drohte.

»Du musst stark sein, Schwester, du musst glauben, sonst wirst du vergehen.« Pyâdahs Augen wirkten wie glühende Kohlen in der Dunkelheit. »Was auch immer geschieht, halt meine Hand und glaube an das reinigende Licht unseres Herrn Urias.«

Pyâdah legte den Kopf zurück und begann tief und rhythmisch ein- und auszuatmen. Unwillkürlich stimmte Shanti darin ein. Ein wenig des Schreckens fiel von ihr ab, und sie merkte, wie sich ihr Geist gegen das verschlingende Äußere wappnete.

Als Pyâdahs Atem verstummte, schlug sie die Augen auf. Der Stein war fast verloschen, stattdessen erkannte Shanti, dass sie von einer goldenen Aureole umgeben waren, fast, als habe jemand eine Sonne in ihrem Inneren entzündet. Ihre Gefährtin hielt die Augen noch immer geschlossen.

Als sie sie öffnete, wandte sie sich Shanti zu. Ihre Pupillen standen in Flammen. Sie lächelte. »Glaube, Schwester!«, flüsterte sie.

Dann entließ sie das Licht des Urias in die Kuppel.

Shanti presste geblendet die Lider zusammen und hielt sich krampfhaft an Pyâdahs Hand fest. Hitze durchströmte sie wie Wellen, die beständig an einen Strand rollen. Sie entlud sich hinaus in die Finsternis und drängte den Schrecken zurück.

Shanti verspürte ein Hochgefühl wie noch niemals zuvor in ihrem Leben. Als Gefäß einer göttlichen Macht gab sie sich ganz dem lebensspendenden Licht hin.

Doch innerhalb des warmen Lichts zeigten sich Risse. Schatten fraßen sich durch das Gleißen, drängten auf sie zu. Gestalten, ungeformt, ohne oder mit zu vielen Gliedmaßen. Frauen, Männer, Wesen ungenannten Geschlechts formten sich zwischen den Flammen in immer größerer Anzahl.

Shantis Euphorie verwandelte sich schrittweise in Entsetzen. Sie taumelte, verlor jeden Bezug zu Pyâdah und dem Licht. Ein finsterer Schemen raste auf sie zu, herausgeschleudert aus dem gähnenden Urgrund hinter dem Gleißen. Sie meinte, die Umrisse der schwarzen Sonne zu erkennen, aus deren Korona sich Boten des Irrsinns lösten, die sich in das goldene Licht fraßen.

Sie begann zu schreien, doch sie konnte sich nicht hören.

Die Schemen drangen auf sie ein, versuchten sie fortzureißen, zerrten an ihrem Körper, ihrem Geist, ihrer Seele. Shanti spürte Schmerzen, die mit nichts vergleichbar waren, was sie jemals zuvor erduldet hatte. Sie wand sich in ihnen wie in unsichtbaren Fesseln, die sie nicht abzuschütteln konnte.

Doch die neuerlichen Impulse des goldenen Lichts, die von Pyâdah ausgehend durch ihre Finger strömten, hielten sie im Diesseits, erhellten ihren Verstand. Sie konnte Pyâdahs Hand wieder spüren und verstärkte ihren Griff erneut.

Die Schatten zogen sich zurück, gaben dem Licht mehr Raum.

Doch bevor sich die Aureole um die Frauen schließen konnte, schossen Pfeile aus Finsternis durch sie hindurch, drangen auf Shantis Körper ein.

Lust überkam sie, erfüllte jede Faser ihres Körpers. Sie stöhnte und bäumte sich auf, wollte die Schatten in sich aufnehmen, sich von ihrer Essenz ganz ausfüllen lassen. Ihm zu gebären, was Sein war, schien ihr einziger Zweck der Existenz zu sein. Sie verlor das Licht aus den Augen, genoss die Ekstase unter der Berührung des Unlichts.

Licht ist ihr Innerstes, doch es vernichtet, statt zu erschaffen.

Shanti wusste nicht, woher die Stimme kam. War es ihre eigene? Hatte Pyâdah zu ihr gesprochen? Unvermittelt verging das Hochgefühl und verwandelte sich in die Erkenntnis, dass sie zerstört wurde, wenn sie sich der Berührung hingab.

Sie biss die Zähne aufeinander und suchte nach Halt in der goldenen Flammenwand vor ihr. Langsam – einer nach dem anderen wurden die Risse verschlungen – füllte das Licht des Urias ihr Blickfeld und ihr Bewusstsein vollständig aus.

Mit einem Geräusch, das der Wirklichkeit spottete, zerbarst die Flammenwand, warf sich auf die schwarze Sonne am Horizont ihrer Wahrnehmung. Eine Woge der Hitze überkam Shanti und warf sie und Pyâdah um.

Kein Schatten mehr.

Kein Licht.

Nur Leere.

Irgendwann vernahm sie Pyâdahs Stimme neben sich. »Shanti?«

Sie bekam zunächst keinen Ton heraus, es kam ihr so vor, als sei ihr Körper von dem Licht komplett ausgetrocknet worden. »Ich ... lebe noch«, brachte sie nach einem Augenblick hervor.

Sie hielt Pyâdahs Hand weiterhin umschlossen, als diese sich über sie beugte. Ihre Augen wirkten wieder normal, doch sie sah aus, als habe sie soeben die Last von ganz Caldris geschultert. Dennoch lächelte sie. Ein erleichtertes, ehrliches Lächeln, ganz anders als in den Stunden zuvor.

»Wir haben es geschafft, Schwester.« Wie schon zuvor strich Pyâdah ihr durch das Haar.

Dann half sie ihr auf. Die absolute Dunkelheit war verschwunden, stattdessen erfüllte ein diffuses Zwielicht einen Raum, dessen modriger Geruch Shanti unvermindert in die Nase drang. Hinter ihnen befand sich das Portal zum Sternenturm, doch es schien so, als befänden sie sich an einem Ort tief unter der Erde.

»Es ist ein Ort, der die Schöpfung Urias' verhöhnt, ein Ort, wie er falscher nicht sein kann«, sagte Pyâdah.

Der Raum um sie herum war grob gemauert und besaß sonst keinen Ausgang. »Was war das hier?«, fragte Shanti nach einer Weile. »Was hat die Verasti hier getrieben?«

»Wie ich schon sagte, ist die Verasti eine Dienerin Vandras, dem Sohn Elotias, dem Former der unverzehrten Glut. Dieses Unheiligtum war ihr Zugang zu seiner Macht. Genau weiß ich es auch nicht. Was zählt, ist, dass wir ihn zerstört und damit einen Gutteil ihrer schändlichen Kräfte genommen haben.«

Shanti nickte. Sie verstand nur die Hälfte von dem, was Pyâ-dah erklärte, aber sie war viel zu erschöpft, um weitere Fragen zu stellen. Sie verspürte eine unglaubliche Müdigkeit und wollte nur noch weg.

»Wir sollten nicht länger hier sein.« Es war weniger eine Feststellung als eine Aufforderung zu gehen.

»Natürlich.« Pyâdah nickte und ergriff erneut ihre Hand. Seite an Seite kehrten sie in das Astrolabium zurück.

»Wir sollten uns beeilen. Ich möchte ungern hier oben abgestochen werden, nachdem wir unser Ziel erreicht haben.« Pyâdah lief zur Tür und öffnete sie.

Shanti folgte, bis ihr etwas einfiel.

»Warte! Ich hab noch was vergessen«, rief sie. Sie lief zu dem Schrank, den sie zwei Tage vorher bereits durchsucht hatte. Ihr Gesicht verzog sich zu einem Grinsen, als sie die Sonnenscheibe entdeckte. »Wer ist jetzt die Königin von Mesoth?«, murmelte sie und ließ den Sternenstein in ihrer Tasche verschwinden.

Zufrieden lief sie zu Pyâdah, die an der Treppe auf sie wartete.

»Wir müssen uns beeilen, am Anleger wartet ein Arcanaero auf uns. Hoffentlich.«

Shanti folgte ihr. Das Hochgefühl vertrieb die Schmerzen und den Schrecken, der ihr in den Gliedern saß.

»Was hast du da eigentlich noch gemacht?«, fragte Pyâdah auf dem Weg nach unten.

Shanti blinzelte schelmisch. »Die Königin hat ihr Kronjuwel empfangen.«

7. Flucht

Nacheinander überquerten sie die Planke, die zu der Vendrasse führte. Es war das heruntergekommenste Luftschiff, das Shanti je gesehen hatte. *Halloran III* prangte als Schiffsname am Bug. Es sah aus, als habe ein Kind es in ungelenken Buchstaben dort hingekritzelt.

Pyâdah brachte Shanti in der Mitte des Decks zum Stehen. Sie blickte sich um und lächelte, was aber eher gequält als erleichtert wirkte.

Wild aussehende Gestalten mit verfilzten Haaren und geflochtenen Bärten lösten Vertäuungen, die das Luftschiff am Anleger hielten. Im Hintergrund entdeckte Shanti einen Hünen, der ihr vage bekannt vorkam. Mit freiem Oberkörper stand er an der Reling, die Haut von Dutzenden Ringen und Metallspornen durchstochen, dazwischen wellenförmige Hautbilder, die äußerst merkwürdig wirkten. Er betrachtete die Brände in der Stadt, in der Hand eine bauchige Flasche, aus denen in den Hafenkaschemmen Branntwein ausgeschenkt wurde. Kopfschüttelnd setzte er sie nach einer Weile an die ebenfalls mit Ringen durchstochenen Lippen. Er kratzte sich gedankenverloren zwischen den Beinen, während er den Schnaps hinunterstürzte, als sei es Traubensaft.

Shanti zog die Stirn kraus. *Die dunkle Haut, das strohige Haar – natürlich! Das ist der Schwätzer aus der Kerkerzelle!*

»Dieser Kerl gehört zu euch?« Sie wies ungläubig auf den Mann, der die Flasche immer noch nicht abgesetzt hatte.

Pyâdah grinste. »Das ist Raijik Caessels, der größte Hurensohn, der zwischen den Inseln der Nunobe und Kol Tassa je ein Arcanaero gesteuert hat. Wenn es eines Beweises bedarf, dass Scheiße fliegen kann, hat er ihn längst geliefert. Aber keine Angst, an diesem Hallori ist mehr, als es den Anschein hat. Es ist nicht das erste Mal, dass uns der Movant aushilft.«

Caessels hatte die Flasche geleert und warf sie achtlos über die Reling. Feixend kam er auf die Frauen zu. »Soll's losgeh'n, de Dam'n? Der aale Caessels steht euch beid'n gern zur Verfügung.« Pyâdahs Augenzwinkern erwiderte er mit einer Geste, die Shanti nicht deuten konnte, jedoch als obszön empfand.

»Beeil dich besser, du Schaumschläger«, forderte Pyâdah ihn auf. »Wir sind besser sofort als gleich hier weg.«

Für einen Augenblick erfasste Schwerelosigkeit Shantis Körper, abgelöst von dem durchaus vertrauten Gefühl, sich auf einem schwebenden Luftschiff zu befinden. Die Kasangiten, die ihre Energie aus dem Maschinenraum über ein komplexes System an Leitungen und Verstrebungen an ein Kraftfeld weitergaben, hielten das Arcanaero in der Luft.

Langsam löste es sich vom Anleger und drehte vom Turm weg.

Pyâdah spähte zur Zitadelle hinüber. »Noch ist niemand zu sehen. Ich frage mich, wie lange es dauert, bis sie mitbekommen, was hier vor sich geht.«

»Mach dir nit de Hos'n dreckig, 's wird nix passier'n.« Caessels grinste sie an, als würde ihn das alles köstlich amüsieren.

»Das hoffe ich. Hast du bekommen, was du wolltest?«

Der Luftschiffkapitän offenbarte zwei Reihen bräunlicher Zähne. »Klar, Hübsche. 'n Dutzend Kyroi aus der Waff'nkammer. Da wird se dumm guck'n, de Verasti, wenn se merkt, dass de Dinger fehl'n, hähähä!«

»Kyroi? Die kosten doch ein Vermögen, wenn ich mich nicht irre«, überlegte Shanti.

»Unser Movant hier wollte eine Bezahlung für seine Dienste. Ich fürchte, in ganz Camotea ist bald kein Schiff mehr vor ihm und seiner Bande Halsabschneider sicher.«

Caessels wandte sich ab. Mit einem Lachen, das Shanti an das Geschrei der Möwen am Hafen erinnerte, stellte er sich an die Steuerarmatur und brachte die Halloran auf Kurs gen Norden.

»Nein, im Ernst, ich nehme an, dass er den größten Teil davon verkaufen wird. Auf den Söldnermärkten in Amhas herrscht eine große Nachfrage nach Waffen, die man nur unter der Hand verscherbeln kann. So lange ihm die *Raben* nicht auf die Schliche kommen, erwartet unseren Movant dort ein kleines Vermögen.«

Shanti runzelte bei der Erwähnung der Geheimpolizei des amhasischen Senats die Stirn. In den Schatten rankten sich viele Gerüchte um die *Raben*, und es war das Einzige, vor dem die Hehler und Menschenhändler der Unterstadt mehr Angst hatten, als vor der Verasti. Mit denen wollte sie lieber keine Probleme bekommen.

»Verdammt, ich habe es geahnt«, sagte Pyâdah plötzlich. Sie deutete auf den Bereich der Zitadelle, an dem die Versorgungsschiffe andockten. Dort hatte sich ein massiges Arcanaero aus den schweren Gevaras gelöst und vollführte eine Aufwärtskurve.

Shanti runzelte die Stirn. »Ist es das, was ich denke?«

»Ja, bei Urias' Licht. Ein Tygar der Verasti. Ein Jagdschiff, mit dem die Zollbeamten Kontrollen durchführen und Schmuggler aufbringen.« Sie lief zu Caessels. »Jetzt zeig, was du draufhast, Hallori. Wir bekommen Besuch.«

»Schess, jo. Mit den Brüdern is nit zu spaß'n.« Der Movant schnaufte durch und begann wie ein Irrer in Richtung seiner Mannschaft, den Hatairen, zu brüllen. »Alver, mach hinne! Wir brauch'n Fahrt. Macco, los, runner, den Beipass quer'n! Nit so faul, ihr verschiss'nen Hur'nböcke, sonst mach ich euch Beine!«

Unter der Mannschaft brach heftige Betriebsamkeit aus. Zwei von ihnen verschwanden unter Deck, und wenige Augenblicke später beschleunigte die Halloran derart, dass Shantis Haare nach hinten geweht wurden. Sie hielt sich an der Reling fest und beobachtete, dass der Abstand zu dem Verfolgerschiff ungefähr gleich blieb, nachdem es zuvor stark aufgeholt hatte.

Sie lief ebenfalls zu Caessels hinauf. »Meinst du, wir können sie abhängen?«

»Die könn' uns nix. Wenn de Erfolg hab'n willst, muss-te schnell sein, Mädchen. 's sieht zumindest ganz gut aus. Lass mir doch nit von nem Tygar den Schnitt versau'n.«

Es dauerte nicht lange, bis das erste Geschoss ein-schlug.

Die Halloran sackte sofort ein Stück ab und verlor an Fahrt. Shanti hatte das Gefühl, das Arcanaero sei zum Stillstand gekommen. Ihr kam ein beunruhigender Ge-danke. *Was ist, wenn sie das magische Kraftfeld zerstö-ren, das uns in der Luft hält?*

Der Tygar der Verasti hatte sie nun fast eingeholt. Ein weiteres Geschoss zischte nur eine Körperlänge über das Deck der Halloran hinweg.

»Schess nochma'! Macht endlich de Kyrois klar, ihr schwanzlos'n Hunde!«, keifte Caessels und riss das Steu-er herum. Das Arcanaero nahm endlich wieder ein wenig Fahrt auf und vollzog eine Wende, die man ihm nicht zu-getraut hätte.

Shanti hielt die Luft an und klammerte sich am Gelän-der der Brücke fest. Das Abfangschiff der Verasti lag backbord, und die Hatairen bezogen Position, um mit den Kyroi darauf anzulegen.

»Feuer! Feuert den Kackbrüdern alles um de Ohr'n!«, brüllte Caessels.

Ein Dutzend blauer Lichtblitze löste sich aus den Schusswaffen und brachte den Angreifern Tod und Ver-derben. Zwei Männer wurden von Bord des Tygar ge-schleudert, ein anderer fing Feuer. Doch das Luftschiff hielt unbeirrt auf die Halloran zu.

Pyâdah kniff die Augen zusammen. »Die wollen uns rammen. Dieser Schrotthaufen zerfällt in alle Einzelteile, wenn sie uns erwischen.«

»Was willst du tun?«, fragte Shanti und hielt sich keu-chend die Seite. Die Wunde hatte sich wieder geöffnet, Blut sickerte zwischen den Fingern hervor.

»Warte hier!« Pyâdah strich Shanti über den Arm und lief zu den Hatairen auf das Deck hinunter. Sie raunzte einen Mann an, der unbeholfen versuchte, die Waffe nachzuladen, und entriss ihm den Kyron. Schneller, als Shanti ihr mit den Augen folgen konnte, hatte sie die armlange Schusswaffe neu geladen, sich an die Reling gekniet und zu zielen begonnen. Gemeinsam mit einigen anderen Hatairen löste sie einen Schuss aus. Ihr Fluchen verriet, dass sie das Ziel verfehlt hatte. Erneut lud sie nach.

Ein Hagel Metallschrapnelle regnete auf die Halloran nieder, zerfetzte Leitungen und Taue, drang in ungeschützte Körperteile ein. Neben Pyâdah brachen zwei Hatairen zusammen, einem der beiden steckte ein gezackter Metallsporn in der Stirn. Während die anderen entsetzt ihren Kameraden betrachteten, führte Pyâdah die Waffe schon wieder an die Schulter. Ein zischender Lichtblitz löste sich, und fast im gleichen Augenblick explodierte der Kopf des gegnerischen Kapitäns. Sein schlaffer Körper prallte auf den Steuerungsmechanismus auf dem Oberdeck und der Tygar kam auf die Halloran zugerast.

»Scheiiiiissssssseeee!«, hörte Shanti Caessels brüllen, der verzweifelt versuchte, die Halloran aus der Flugbahn des Jagdschiffs zu bekommen. Doch es war zu spät. Gerade, als sich das kleinere Arcanaero wegzudrehen begann, krachten die Aufbauten des Tygar in seinen Rumpf. Es riss sich sämtliche Aufbauten und Verstrebungen, die auf dem Deck angebracht waren, ab. Auch die Mannschaft wurde einfach vom Schiff gefegt, sofern sie nicht vom Rumpf der Halloran zerquetscht wurde.

Shanti beobachtete entgeistert, wie das nunmehr ohne magische Energie trudelnde Luftschiff der Verasti unbarmherzig von der Schwerkraft erfasst wurde. Wie ein Stein stürzte es senkrecht in die Tiefe. Erst sein Aufprall, gefolgt von einer Detonation, verriet, dass der Sturz vorüber war.

Ohne Vorwarnung bäumte sich die Halloran auf, als sie von der Druckwelle der Explosion erfasst wurde. Shanti wurde über das Deck geschleudert. Panisch versuchte sie mit den Händen, irgendetwas zu greifen. Neben ihr verschwanden Hatairen in der Tiefe. Sie prallte mit dem Hinterkopf gegen etwas Hartes, sah Sterne, wurde herumgewirbelt, die Häuser der Stadt kamen ins Blickfeld. Es folgte ein merkwürdiger Augenblick der Schwerelosigkeit, dann prallte sie mit einem fürchterlichen Schlag auf das Deck. Die Luft wurde ihr aus den Lungen gepresst, und sie drohte das Bewusstsein zu verlieren. Dennoch bemerkte sie, dass sie rutschte. Das Luftschiff musste sich in Schräglage befinden. Shanti versuchte irgendwo Halt zu finden.

Ihre Beine baumelten plötzlich ins Freie, doch dann fand sie einen Halt. Ihre Hand schloss sich um einen Griff an der Reling. Sie rutschte nicht weiter, und es gelang ihr, sich mit der anderen Hand zwischen zwei Planken festzukrallen. Sie versuchte zu Atem zu gelangen und sich zu orientieren. Sie befand sich an der Backbordseite des Schiffs und hielt sich dort gerade noch so fest, während ihre Beine am Rumpf baumelten.

Die Halloran schlingerte in Seitenlage vorwärts. Nach einer Weile konnte Shanti Caessels erkennen, der sich aufrichtete und zum Steuer hinaufzog. Mit einem Schrei wuchtete er sich an der Armatur auf die Beine und betätigte dort etwas. Das Luftschiff kehrte langsam in die Horizontale zurück.

Der Druck auf Shantis Arme ließ nach. Schließlich schaffte sie es, sich ächzend auf das Deck zu ziehen.

Der Hataire Macco kam zu ihr und blickte sie fragend an.

»Mir ... fehlt nichts«, erwiderte Shanti, bemerkte aber, dass ihr Blut aus der Wunde an der Seite die Hüfte und den Oberschenkel hinablief. »Zumindest nicht viel.«

Macco nickte sein tumbes Nicken, verschwand kurz und kehrte mit einer kleinen Feldflasche wieder. Er nahm einen Schluck und reichte Shanti das speckige Behältnis.

»Was ist das?«

»Trink! Hilft.«

Sie roch daran, der Alkoholgeruch raubte ihr fast die Sinne. Dennoch nahm sie einen Schluck, den sie irgendwie hinunterwürgte. Hustend gab sie dem Hatairen sein Gesöff zurück.

»Valdorischer Branntwein – dann wird alles widder gut, Junge!«, sagte Macco und verschwand, ohne sie weiter zu beachten.

Shanti erinnerte sich an die Silanphiole, die Pyâdah ihr gegeben hatte. Das Behältnis hatte ihre Stürze tatsächlich unbeschadet überstanden und war noch halbvoll. Schnell kippte sie das Raffinat hinunter, um den widerlichen Geschmack des Schnapses durch die bittere Flüssigkeit zu ersetzen. Erneut spürte sie, wie sich die heilende Wärme in ihrem Körper ausbreitete. Das Pochen an der Seite ließ nach. Sie würde die Wunde später ordentlich reinigen und verbinden müssen, aber sie hoffte, dass das Schlimmste mit dem magischen Heilmittel vorläufig abgewendet war.

Noch immer außer Atem saß sie auf dem Deck und starrte auf die brennende Stadt, die hinter ihnen langsam kleiner wurde.

Anschläge auf das Hafenarsenal, finstere Schrecken jenseits der Wirklichkeit, magische Heilmittel und brennende Luftschiffe – wo bin ich hier bloß hineingeraten?

Shanti versuchte des Durcheinanders ihrer Gedanken Herr zu werden, aber sie war nicht nur körperlich völlig von den Ereignissen erschlagen. Aus den Todeskäfigen war sie mitten in einen Krieg gegen die Verasti geraten. Konnte man sich einen schrecklicheren Feind suchen, als die Herrscherin von Mesoth und die dunklen Mächte, denen sie sich verschrieben hatte? Oder musste jeder Amhasi, der an die Götter glaubte und halbwegs reinen Herzens war, nicht alles opfern, um diesem unsagbaren Entsetzen entgegenzutreten?

Nach einer Weile kniete Pyâdah sich zu ihr. »Es ist vorbei. Wir haben es tatsächlich geschafft und sind noch am Leben«, flüsterte sie. Sie lächelte, doch das Zittern in ihrer Stimme war kaum zu überhören. Ein Faden Blut lief ihre Schläfe hinunter.

»Du hast nicht damit gerechnet, oder?«

»Wenn ich ehrlich bin nicht. Es ist nicht das erste Mal, dass wir versuchen, der Verasti Schaden zuzufügen. Bislang galten unsere Bemühungen stets ihrer Person, aber es hat sich herausgestellt, dass sie sich weitaus besser zu schützen weiß als Garthis. Es war eine bittere Lektion, die das Leben vieler Brüder und Schwestern gekostet hat.«

»Was geschieht jetzt mit uns?«, fragte Shanti.

»Wir verlassen die Stadt. In Amhas warten Freunde, die von unserem Kommen wissen.«

»Aber ... ich kann hier doch nicht einfach weg. Ich muss ...«

»Was hält dich hier?« Pyâdah lächelte und küsste Shanti sanft auf die Wange. »Mesoth liegt hinter dir. Du bist meine Schwester, so wie ich deine bin. Du bist jetzt eine von uns.«

Shanti blickte sie zweifelnd an. »Ich weiß immer noch nicht, was das überhaupt bedeutet – uns.«

Pyâdahs Augen flackerten, die goldene Wärme des Sternensteins glänzte darin. »Wir sind die Uritarim, die ersten Diener des Urias, die Apologeten des reinigenden Lichts. Wir sind die Wächter der letzten Pforte.«

Nachwort

Die vorliegende Geschichte reißt eine Vielzahl von Konflikten an, die den gesamten Kontinent Camotea heimsuchen. Die Welt Caldris steht an der Schwelle eines neuen Zeitalters, und verschiedene Mächtegruppen wollen sich dieses unterwerfen, um die Reiche Camoteas ins Chaos stürzen – darunter auch die Dienerschaft des nahezu in Vergessenheit geratenen Gottes Vandra.

Die Königin von Mesoth erzählt mit dem Abenteuer der jungen Diebin Shanti die Vorgeschichte einer Figur, die auch im Roman *Wächter der letzten Pforte* eine wichtige Rolle spielt. Dort wird bis zuletzt nicht ganz klar, bei wem ihre Loyalitäten liegen und welches Ziel sie eigentlich verfolgt – die Leser*innen der *Königin von Mesoth* besitzen also jetzt einen Wissensvorsprung!

Auch Pyâdah begegnen wir dort, und mit Movant Raijik Caessels und seiner verrückten Besatzung schwingen wir uns in *Wächter der letzten Pforte* mehr als einmal in die Lüfte über den Reichen Camoteas.

Viele weitere Geschichten rund um die Machenschaften der Vandra-Anhänger sowie Hintergründe zur Mythologie des Kontinents Camotea sind daneben auch in der Anthologie *Die Wächter-Chroniken – Schatten über Camotea* zu finden (mehr dazu am Ende dieses Buchs).

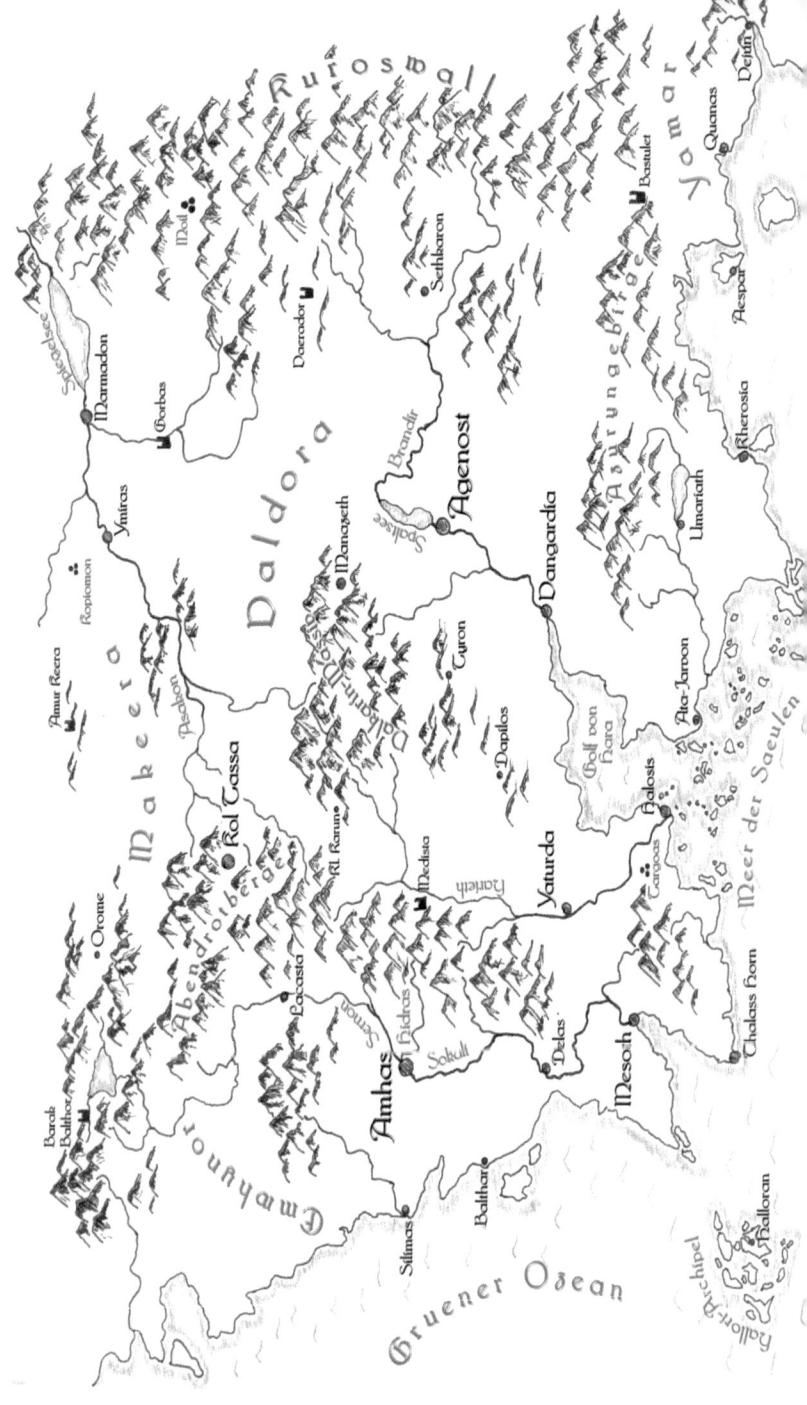

Camotea
Die Welt der Wächter-Chroniken

Die bedeutenden Reiche des Kontinents Camotea wie
Amhas, Valdora und Yamar sind zum Teil Jahrtausende
alte Hochzivilisationen, die einst aus dem zerfallenen Im-
perium der Tân hervorgingen. An ihren Grenzen existieren weitere Herrschaftsgebilde vermeintlich »wilder« Völker: Darunter fallen unter anderem die Clangebiete der
Tequari und anderer sesshafter »Barbaren«, die noma-
denhaften Stämme der Hankardri oder die Siedlungen der
echsenhaften Dessalier.

Valdora (»Der Bund der Wächter«)

Ursprünglich ein Kriegerorden, der zunächst die nordwestlichen Grenzen des Imperiums von Tân schützte. Valdora
stellte später einen der wichtigsten militärischen Pfeiler
des Reiches bis zu seinem Untergang dar. Die Ordensmit-
glieder gingen aus den von den Tân eroberten Stämmen
Valdoras hervor.

Nach dem Fall des Imperiums von Tân wurden aus diesen Ordensmitgliedern Fürsten, die konkurrierende König-
reiche in den nun autonomen nordwestlichen Regionen
gründeten. Einige von ihnen schlossen sich zu einem Ver-
teidigungsbündnis zusammen. Diese »Allianz von Valdora« verband schließlich nahezu alle valdorischen Adelsfa-
milien. Die ideologischen Grundsätze, der sich alle Grün-

der verpflichteten, leiten sich aus der »Unterweisung der letzten Stunde« ab und lehnen sich an die Traditionen des alten Kriegerordens an. Valdora entwickelte sich künftig gleichermaßen zum Begriff für die Lande und die Bewohner der Allianz.

Nachdem die Allianz in der jüngsten Vergangenheit durch innere Kriege der Hausfürsten beinahe zerbrochen wäre, konnte der talentierte Feldherr Ghalsar Ennius die Konflikte für sich entscheiden und sich zum Großkönig von Valdora ausrufen.

Valdora zeichnet sich durch eine überwiegend agrarisch-feudale Gesellschaft und einen konservativen Uriasglauben aus, der die Anwendung von Magie streng reglementiert und den Kirchenfürsten großen Einfluss auf Politik und Gesellschaft garantiert. Gegen sie haben sich in den vergangenen Jahren die so genannten „Zatosianer" in Stellung gebracht, die eine Reformation des Uriasglaubens anstreben.

Amhas

Ein Reich im Westen Camoteas, das unter der Herrschaft mächtiger Handelshäuser steht und durch einen Senat von der gleichnamigen Hauptstadt aus regiert wird. Amhas ist zunehmend vom Konflikt zwischen dem Sebastokrator (Senatsvorsitzenden) und der Verasti von Mesoth geprägt, einer mächtigen Provinzherrscherin im Süden des Landes. Im Gegensatz zu Valdora ist Amhas hochtechnisiert und bedient sich der Magie in allen Formen. Als Handelsmacht zur See und in der Luft strebt man nach mehr Einfluss auf dem Kontinent – unzählige Fraktionen (u.a. Oligarchen, Söldnergilden, Magier) ringen jedoch in Amhas um Einfluss, spinnen Intrigen und schwächen das Reich von innen.

Yamar

Dieses Großreich südöstlich von Valdora besteht aus einer Vielzahl teilautonomer Provinzen und Protektorate unter nomineller Führung des Harans Valan Thamuras. Dieser regiert das Vielvölkerreich von Kesh Achlan aus, einer gewaltigen Metropole, angeblich der ersten Stadtgründung nach Ankunft der Tân in Camotea. Yamar betrachtet sich als Nachfolger des einstigen Imperiums von Tân, und die Familie Thamuras legitimiert ihre Herrschaft durch die Abkunft vom letzten Imperator Tâns.

Das militärisch und wirtschaftlich mächtige sowie fortschrittliche Yamar kann mit seinem Flickenteppich aus Teilvölkern, autonomen Provinzen und selbstbewussten Metropolen allerdings keine Vormachtstellung auf Camotea erringen, da es immer wieder in innere Auseinandersetzungen und Konflikte an den weitläufigen Grenzen verwickelt ist. Zudem stellen die Zirkel der magiekundigen Gathori einen enormen Machtfaktor im Reich dar und entscheiden aus ganz eigenen Erwägungen heraus nicht selten über den Aufstieg oder Fall eines Harans.

Die Yamarer sind uriasgläubig, es herrscht jedoch Toleranz gegenüber anderen Kulturen und Religionen auf dem Boden des Reiches. Yamar besitzt nahezu ein Monopol auf den Abbau von Kasangit, das nur durch Amhas streitig gemacht wird.

Emwhynor

Sowohl mit Valdorern als auch den Tequari des Nordens verwandt, leben die Emwhyr in den Hochlanden und an den rauen Küsten Nordwestcamoteas. Aus den Wäldern ihrer Heimat entstand ihre berühmte Flotte, mit der sie den Grünen Ozean bereisen und die ihren Ruf als Seefahrer und Entdecker begründete.

Emwhynor und Amhas befinden sich in einer Zweckallianz, da die Städte der Amhasi für die Seefahrer die wichtigsten Handelspartner darstellen, während die Emwhyr seit Generationen erfolgreich die Einfälle nördlicher Völker abwehren. Viele Söhne und Töchter Emwhynors suchen zudem ihr Glück in Amhas und heuern auf den Luftschiffen der Oligarchen an.

Freie Städte

Die freien Städte im Süden von Valdora haben sich nach und nach von der Allianz losgesagt und mit häufigen politischen Veränderungen zu kämpfen. Thalass Horn gilt als Zugang zu den Inselreichen des Grünen Ozeans und konkurriert mit dem amhasischen Mesoth. Die Städte Halosis und Yaturda ringen um den richtigen politischen und wirtschaftlichen Kurs zwischen den Großreichen, während sich Ata-Jarvon zunehmend zur wichtigsten Hafenstadt am Meer der Säulen entwickelt.

»Wilde« Völker

Rund um die genannten Reiche existieren viele Volksgruppen und Stämme, die in Zentralcamotea gemeinhin als »Barbaren« verunglimpft werden. Die Allianz von Valdora liegt seit Jahrhunderten im Krieg mit den Clans der Tequari, deren Kriegerhorden immer wieder in die Lande der Allianz einfallen. Diese stehen wiederum unter dem Druck nomadenhafter Stämme, die sich zum größten Teil noch östlich des Kuroswalls befinden und meist unter der Sammelbezeichnung der »Hankardri« zusammengefasst werden. Vereinzelt findet man manche von ihnen als Händler oder Söldner in Amhas oder den Freien Städten. Geächtet hingegen sind die blutrünstigen Kurosar, die ihre Dienste jedem zur Verfügung stellen, der keinerlei moralische Skrupel hat, diese Wilden auf den Feind zuzulassen. Einen schlechteren Ruf genießen einzig die Iglâk, deren menschenfressende Stämme einige abgelegene Täler im Val-Varos-Gebirge bewohnen.

In den Städten an der Südküste begegnet man häufig Bewohnern der Inseln aus dem Grünen Ozean. Nur wenigen amhasischen Kaufleuten und Entdeckern ist bekannt, welche fremdartigen Völker und Wunder es dort zu finden gibt. Die zweifelhaften Vertreter des dem Kontinent benachbarten Hallori-Archipels trifft man dort am häufigsten an, wenngleich meist dann, wenn sie mit dem Gesetz in Konflikt geraten, verrichten sie ihr Tagwerk doch gerne als Schmuggler, Diebe oder Luftschiffpiraten an den wolkenverhangenen Steilküsten des Südens.

Hin und wieder kann man in Camotea auch einem Nunobe begegnen. Von dieser strengen Kriegerkultur, die eine Insel mit einer rigiden Kastengesellschaft bewohnen soll, ist auf dem Kontinent allerdings nicht viel mehr bekannt, als dass sie die einzigen sind, die den künstlich gezüchteten Kelitensöldnern von Amhas das Wasser zu reichen vermögen.

In den Straßen und Gassen von Amhas, Mesoth oder Thalass Horn mag man zudem gelegentlich auf Menschen oder menschenähnliche Wesen treffen, die sich hinsichtlich der Hautfarbe oder anderer Äußerlichkeiten deutlich von den Einwohnern Camoteas unterscheiden. Über deren Herkunft ist oft so wenig bekannt, dass jedwede Aussage, die wir über sie treffen könnten, allenfalls den Gehalt von Sagen und Legenden besäße.

Was in den Weiten des Grünen Ozeans, den Dschungeln Yamars, den zerklüfteten Weiten jenseits von Sokali und Kuroswall oder gar in den verlassenen Katakomben der Nachtherren auf jene wartet, deren Mut ausreicht, um sich an diese geheimnisvollen Orte zu begeben, wird, so Urias will, ebenfalls eines Tages niedergeschrieben werden.

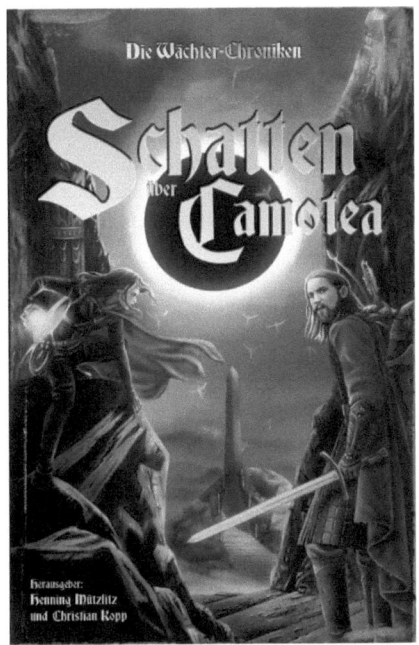

Henning Mützlitz / Christian Kopp (Hrsg.)
**DIE WÄCHTER-CHRONIKEN –
SCHATTEN ÜBER CAMOTEA**
Books on Demand, Paperback, 512 Seiten
ISBN 978-3-74810-928-0

Camotea befindet sich im Wandel. Jahrtausende alte Zivilisationen stehen an der Schwelle zu einem neuen Zeitalter. Ehemals stolze Ritterorden müssen sich der Herrschaft eines Großkönigs unterwerfen, reformatorische Sekten predigen Veränderung und Befreiung, Magier und Beschwörer erheben sich über ihre Könige, Händler, Söldner und Luftschiffpiraten ringen um Macht und Einfluss.

Im Schatten dieser Konflikte wächst eine dunklere Bedrohung heran: Die Jünger des Göttersohns Vandra trachten danach, sich das neue Zeitalter zu unterwerfen. Durch Lügen und Manipulation wollen sie die alte Ordnung der Welt zerstören.

Alte Gewissheiten werden vom Sturm dieser Entwicklungen hinfort gerissen, während die Zukunft des Kontinents am Scheideweg steht. In dieser Epoche des Umbruchs muss jeder Bewohner Camoteas seinen eigenen Weg finden. Von ihren Geschichten handeln die *Wächter-Chroniken*.

In zehn Novellen und Kurzgeschichten erschaffen elf Autorinnen und Autoren eine Welt voller Gefahren und Bedrohungen, Leid und Hoffnung, Kämpfen und Magie vor dem Hintergrund eines epischen Konflikts. Darunter finden sich neben den Herausgebern Henning Mützlitz und Christian Kopp bekannte Namen der deutschen Phantastik wie Judith und Christian Vogt, Christian Lange, Stefan Schweikert und Tobias Rafael Junge.

Vielseitige Anthologie

Die High-Fantasy-Anthologie *Die Wächter-Chroniken – Schatten über Camotea* enthält auf über 500 Seiten vier Novellen, sechs Kurzgeschichten sowie umfangreiches Hintergrundmaterial zur Mythologie, der Historie und den Reichen des Kontinents Camotea. Die Beiträge sind unabhängig voneinander lesbar und bieten jeweils einen eigenen Einstieg in die Gesamtheit der *Chroniken*.

Viele weitere Informationen rund um die *Wächter-Chroniken* sowie ihren Autorinnen und Autoren finden sich im Internet auf www.waechterchroniken.wordpress.com und www.facebook.com/waechterchroniken.

Die Wächter-Chroniken – Schatten über Camotea – phantastische Geschichten in einer facettenreichen Welt voller Konflikte!

»Überdurchschnittliche Fantasy-Sammlung. Eine bunte Mischung, die insgesamt bestens unterhält.« (Fantasyguide.de)

Henning Mützlitz / Christian Kopp
WÄCHTER DER LETZTEN PFORTE
Papierverzierer Verlag, Smartcover, 488 Seiten
ISBN 978-3-944544-67-0

Knappe Liocas und Kriegerin Moriana erwachen am Schauplatz einer Katastrophe. Ein unbekannte Macht hat die Heere der Allianz von Valdora und der wilden Tequari vernichtet. Gemeinsam versuchen die Todfeinde herauszufinden, was geschehen ist. Gejagt von den Häschern des valdorischen Königs und den Inquisitoren der Hohen Priesterschaft stoßen sie auf eine mörderische Verschwörung geheimnisvoller Magier.
Ihre Spur führt nach Amhas, ins Reich der Handelsfürsten und Söldnergilden, und erst dort offenbart sich das ganze Ausmaß der Bedrohung.
Moriana, Liocas und ihre Gefährten werden zu Wächtern der letzten Pforte, hinter der das Licht der Schwarzen Sonne darauf lauert, die Welt Caldris zu verzehren.

»Ein gelungenes Epos mit etlichen überraschenden und spannenden Wendungen.« (Geek!-Magazin)

Henning Mützlitz
HEXAGON – DER PAKT DER SECHS
Feder & Schwert, Taschenbuch, 488 Seiten
ISBN 978-3-86762-360-5

Frankreich, 1642: Dämonenjünger schüren Angst und Verzweiflung in den Herzen der Menschen. Gegen sie stellen sich die Musketiere des Schwarzen Banners, arkane Kämpfer, die weder Tod noch Teufel fürchten. Allerdings vermögen auch sie nicht den Mord am Gouverneur der Provinz Poitou zu verhindern. Als die magiebegabte Kammerdienerin Cécile die Flucht vor den Mördern ergreift, gewinnt sie in dem Musketier Armand einen unerwarteten Verbündeten. Doch schon bald müssen sie sich entsetzlichen Feinden und ihren persönlichen Abgründen stellen.

Währenddessen kommt der Befehlshaber des Schwarzen Banners, César de Rochefort, auf Geheiß Kardinal Richelieus Verrätern an Krone und Dreifaltigkeit auf die Spur. Dabei stößt er auf eine Verschwörung, die sich von den höchsten Kreisen des Königreichs bis in die Domänen der Hölle erstreckt.

Fern von Paris obliegt es allein Cécile, Armand, Rochefort und ihren Verbündeten, den dunklen Pakt der Dämonendiener zu zerschlagen und Frankreichs Sturz in die Finsternis abzuwenden.